KB013303

던전사냥꾼

Dungeon Hunter

던전사냥꾼 6

Dungeon Hunter

온후 현대 판타지 장편소설

초판 1쇄 찍은 날 | 2016년 8월 5일
초판 1쇄 펴낸 날 | 2016년 8월 12일

지은이 | 온후
펴낸이 | 예경원

기획 | 위시북스
편집책임 | 박우진
편집 | 이즈플러스

펴낸곳 | 예원북스
등록번호 | 제396-2012-000132호
등록일자 | 2012. 7. 25
KFN | 제1-018호

주소 | 경기도 고양시 일산동구 호수로 646-24 위너스21 II 빌딩 206A호 (우)10401
전화 | 031-819-9431 팩스 | 031-817-9432
E-mail | yewonbooks@naver.com

ISBN 979-11-5845-489-0 04810
979-11-5845-629-0 (set)

※ 이 도서의 국립중앙도서관 출판시도서목록(CIP)은 서지정보유통지원시스템 홈페이지(http://seoji.nl.go.kr)와 국가자료공동목록시스템(http://www.nl.go.kr/kolisnet)에서 이용하실 수 있습니다.

온후 현대 판타지 장편 소설

WISHBOOKS MODERN FANTASY STORY

던전사냥꾼

Dungeon Hunter 6

Wish Books

던전사냥꾼

Dungeon Hunter

CONTENTS

Chapter 35 살과 뼈 7

Chapter 36 이히의 기묘한 모험 33

Chapter 37 마족포식자 59

Chapter 38 허무의 그림자, 콘테고놈 85

Chapter 39 타락 111

Chapter 40 지저 세계 137

Chapter 41 바람이 불다 163

Chapter 42 칠 대 죄악, 황혼의 대장장이 오스웬 191

Chapter 43 혼령기병 227

Chapter 44 마지막 전쟁 255

Chapter 45 귀환 271

Chapter 46 가치 있는 죽음 299

Chapter 35
살과 뼈

Dungeon Hunter

경매의 양상은 비슷하게 흘러갔다.

결과적으로 말하자면 우파는 후반부를 독식했고, 판데모니엄은 남들이 크게 욕심내지 않는 자잘한 아이템이나 마수를 노렸으며, 아리엘은 스킬북 위주의 구매 전략을 세웠다.

그리고 나는…….

나는 내가 구매하고자 하는 것을 손에 넣었다. 어차피 장기가 아닌 단기로 보고 구매를 한 것이라 1년 차와 2년 차만큼의 파괴력을 선보일 수는 없었다.

옥석보단 당장 이득이 되는 구성 위주로 손을 댄 탓이다. 그래서 이번 경매에선 딱히 승리자라 할 수 있는 이가 없었다. 다들 비슷하게 가져갔고, 그나마 내가 우위에 있는 점이라면 '마고' 정도였다.

우선 마수의 총 구매 목록은 아래와 같다.

쿠르족의 전사들, 나가 퀸과 크라켄 다섯, 인페르노 100여 마리. 여기에 기존에 사들인 리치 가파람과 마고, 드워킹까지 더하면 심심찮은 전력의 상승이 기대되었다.

뿐만인가.

아이템도 다수 건질 수 있었다.

'괜찮군.'

구매한 아이템의 상세 정보를 떠올리며 입가에 미소를 그렸다.

이름 : 용갑주(Ex U)

설명 - 용의 기운이 강하게 서린 전신갑옷. 용의 피를 이은 자가 착용한다면 훌륭한 본연의 힘을 모두 끌어올릴 수 있다고 전해진다.

*힘+3, 용의 피를 이은 자가 착용 시 '공포' 효과.

**용과 관련된 스킬 강화.

이름 : 굳건한 신념(Ex U)

설명 - 최강의 여전사 '알도린'이 사용한 투박한 투구. 평생 투구로 얼굴을 가린 채 살아온 여전사지만 그녀가 지킨 절개와 신념은 모두의 귀감이 되기에 충분했다.

*체력+2, 마력+2, 여자만 착용 가능.

*신념이 강한 자가 착용 시 귀속 효과.

**귀속 시 칭호 '굳건한 신념(R, 체력+3)' 추가.

이름 : 요정 기사의 검(봉인)

설명 - 봉인된 무기. '격'에 맞는 요정만이 사용할 수 있다.

*봉인이 풀리기 전까진 알 수 없음.

**격에 맞는 요정이 착용 시 '요정의 가호'가 더욱 강력해짐.

이름 : 쌍둥이의 정신 교감(Ex U)

설명 - 어느 쌍둥이의 일기장. 둘은 태어나서부터 서로 떨어져 있어도 교감하는 게 가능했다. 대화를 나누고 정신적인 문제와 성장을 함께 겪었다. 그래서인지 무언가를 익히는 데 있어서 그들은 항상 두 배 빨랐다.

*쌍둥이만 익히는 게 가능한 스킬북. 서로의 경험을 간접적으로 공유할 수 있다.

**위급한 상황일 때 생명력 공유 가능.

이 네 개는 주인이 따로 배정되어 있었다. 하지만 먼저 산 천년의 낙인과 낙뢰의 보주는 내게 도움이 되는 아이템이었다.

여기까지 사용한 포인트가 대략 2,000만가량. 그리고 딱 2,000만의 포인트를 사용했을 때 메시지 창 하나가 나타났다.

[믿기지 않는 업적! 최초로 마계 옥션에서 2,000만 이상의 포인트를 사용했습니다]

[1,500,000pt를 획득했습니다.]

[업적 점수 1,000점이 추가됩니다.]

보유 자금 200만이 순식간에 350만으로 늘어난 것이다.

여유가 생기자 살짝 고민이 들었다. 경매는 후반부를 달리는 중이었다. 우파의 독주가 계속되고 있는 것이다. 내게 즉시 필요한 경매 물품은 거의 없었다. 하지만 이왕지사 여유가 생겼으니 우파의 전력 회복을 막는 것도 괜찮을 듯싶었다.

마족 셋을 잡아서 겨우 깎아놓은 힘이다. 타깃을 오쿨루스로 옮겼다지만 우파는 바로 그다음 상대였다. 여기서 어느 정도 회복을 하게끔 기회를 줄 수는 없는 노릇이었다. 모든 포인트를 탈탈 털어서 우파를 방해했다. 그러자 그 옆에 있던 공작 비자츠 멘담이 목에 핏줄을 세웠다.

"랜달프 브뤼시엘! 대체 무슨 술수를 부린 것이냐!"

술수라. 듣기 좋은 말은 아니었다.

혀를 차며 가볍게 말했다.

"오쿨루스가 말하지 않았던가? '선'을 넘었다고."

그래, 나는 선을 넘었다. 마족을 사냥하고 인간의 틈바구니에 스며들었으니까. 괜히 사냥꾼이란 칭호를 거머쥐고 있겠는가.

오쿨루스와 동격으로 취급받기는 싫지만 시간이 지나면 풀릴 오해다. 그리고 오해가 풀리는 순간 나라는 존재는 그들보다 한발 앞서 있게 될 것이었다.

피식 웃으며 팔짱을 꼈다. 더는 답하지 않겠다는 의사를 보였다.

모두가 적당히 만족은 했지만 완전하게 만족하지 못한 3회차의 경매는 그렇게 막을 내렸다.

경매는 끝났다. 그러나 할 일이 남아 있었다.

나는 회장의 뒤편에서 드보롱을 만났다.

"어쩐 일이십니까?"

"칠 대 죄악이 보이질 않더군."

지난 1, 2회 차의 경매에서 칠 대 죄악을 얻었다. 나는 그 모두를 아도니스가 관리하는 중이라고 확신하고 있었는데 이번에는 모습을 보이지 않은 것이다.

드보롱이 고개를 주억였다.

"칠 대 죄악은 정령왕께서도 매우 소중히 하시는 물건입니다. 함부로 내놓을 수는 없다고 판단하셨겠지요."

"그게 아니겠지. 계약을 하자는 것이 아닌가?"

일전에 보았을 때 아도니스는 계약을 청했다. 나는 그것을 완곡한 표현으로 거절했고 그 결과가 이런 식으로 나타났음이 분명했다. 내가 적나라하게 말을 꺼내자 드보롱의 표정이

굳었다.

"비약이십니다. 조금 더 기다리시면 천천히 한 가지씩 공개를 하실 겁니다."

"한번 큰 힘을 맛본 자는 참을성이 사라지는 법이지. 매번 주던 것을 안 주면 더욱 성질이 나는 법이고 말이야."

"어쩔 수가 없군요. 정 그러시다면 따로 '번외 거래'를 추진해 보겠습니다만…… 200만 정도면 기꺼이 한 가지 물건을 넘기실 겁니다."

허. 이제는 간을 본다. 말 그대로 나를 길들이려는 움직임이다. 순한 양으로 만들어서 아도니스가 주는 먹이를 얌전히 받아먹게끔 만들겠다는 심보다. 그 끝은 결국 계약으로 묶이게 될 터.

칠 대 죄악을 인질 삼아 나왔으니 본래라면 조급함을 느낄 만한 일이었다. 나는 칠 대 죄악이 가져다주는 황홀한 힘을 맛본 뒤이기 때문이다. 힘은 마약과 같아서 쉽게 끊어낼 수가 없었다.

"200만 포인트라. 아쉽게도 가지고 있는 수치가 그보다 적군."

"그 이하로는 힘듭니다.

"그럼 이건 어떤가? 잠재력의 한계치를 늘릴 수 있는 방법. 그것을 알고 있고, 그 수단까지 가지고 있다면?"

하지만 내게도 비장의 무기가 없지는 않았다.

근원의 정수!

순수한 잠재력 한계치를 1 늘려주는 아이템이었다. 아도니스라면 넘어오지 않을 수 없는 유혹이다. 그는 단 1의 수치라도 한계를 돌파해 강해지고자 하였다. 아이템이나 칭호, 스킬의 도움을 받는 건 한계에 달해 있었기에 이 방법이 무척이나 고팠다.

어쩔 수 없이 포인트에 목을 매는 것도 비슷한 이유다. 그리고 이 한계돌파라는 게, 고작 1의 수치라고 해서 무시할 수는 없었다. 한계 자체를 뛰어넘었다는 그 감각은 무척이나 소중한 것이었다. 한계가 1이라도 넓혀지면 노력에 따라서 조금 더 발전의 여지가 있었다.

과연 드보롱의 얼굴색이 달라졌다. 당연히 내가 고개를 숙이리라 생각한 일. 한데 고개를 숙이기는커녕 제대로 명치를 가격했으니 정신이 번쩍 들 만도 했다.

"저를 놀리는 건 아니겠지요? 포인트를 이용한다거나 하는……."

"잠재력 한계치 1을 올려주는 정수를 가지고 있다. 아마 아도니스라면 그 이름을 알 것이다. 근원의 정수 말이다."

"……!"

아예 흙빛이 되었다. 피에로 분장이 무색해질 지경이었다. 제대로 노림수가 들어갔음에 나는 여유롭게 입가를 비틀었다.

"기색을 보아하니 너도 아는 모양이군."

"시, 신들도 쉽게 구할 수 없다는 정수 아닙니까? 아니, 근원의 나무는 천계에만 한 그루 존재하는 걸로 알고 있는데……!"

"천사가 우리를 공격한 일은 너도 익히 알겠지. 그때 우연히 하나를 얻었다."

근원의 나무가 던전에 있음을 곧이곧대로 말할 수는 없었다. 최대한 숨겨야 하는 최상급의 비밀이었다. 애써 흥분을 가라앉힌 드보롱이 입을 열었다.

"……무엇을 원하십니까? 참고로 말씀드리지만, 우리도 칠 대 죄악 전체를 가지고 있지는 않습니다. 또한 나머지를 정수 하나에 넘기는 건 수지가 맞지 않습니다."

전체는 아니었던가?

그렇다면 조금 실망이었다. 완벽하지 않은 세트 아이템을 가지고 간을 봤다는 것이니. 하지만 크게 급하지 않았다. 칠 대 죄악을 대체할 방법이 있다는 걸 인피니티 아머를 통해 알게 된 탓이다.

"나도 당장 근원의 정수를 교환할 생각은……."

없다는 말을 하려는 그 찰나였다.

—마스터. 큰일 났어요. 이히한테 씩씩이가 구조를 요청하고 있어요! 마수들이 쳐들어왔대요. 막기 힘들 거래요!

"생각은?"

뒷말을 삼키자 드보롱이 참다못해 물었다. 나는 인상을 찌푸리며 고개를 작게 저었다.

“이 이야기는 뒤로 미루지. 지금 마계 옥션을 떠난 마족이 있나?”

“아아, 대공 오쿨루스 님과 그 휘하 마족들이 정령계를 떠났긴 했습니다만. 무슨 문제가 생겼습니까?”

마계 옥션이 있는 날은 모든 마족이 활동을 멈춘다. 당연히 마수들만 따로 움직일 리도 없었다. 미리 명령을 내려놓을 수도 있겠지만, 자잘한 것도 아니고 던전 하나를 공격하는 일이라면 누군가에게 맡길 리도 만무했다.

하물며 막기 힘든 숫자의 마수가 움직였다. 중국의 던전이 크게 성장하진 못한 상태지만, 그래도 기본적인 구조는 갖췄다. 즉, 누군가가 대군을 이끌고 본격적인 침략을 시도했다는 것이다.

‘오쿨루스……!’

있다면 오쿨루스뿐이었다. 내가 마계 옥션에 참가하고 있을 이 시간에 허점을 노리고 들어왔다. 이히의 통신이 없었다면 꼼짝없이 당할 뻔했다.

전생에선 이런 문제를 해결하고자 포인트 백만에 다다르는 차원 알림 마법을 설치하기도 했다. 마계 옥션이 있는 날은 서로 불가침을 하자는 암묵적인 규칙이 있기도 했고. 하지만 3년 차에 그런 것을 설치할 일은 없었다.

불현듯 들어온 건 아닐 터…….

‘미리 나를 칠 준비를 하고 있었나?’

으드득!

이를 갈았다. 어쩐지, 회장에서 한 연설은 대놓고 나를 저격하고 있었다. 내 존재를 인정하지 못한다는 말도 함께하지 않았던가.

일종의 '선전포고'였던 것이다. 과연 오쿨루스. 종잡을 수 없는 놈이었다.

"먼저 가 보겠다."

"그럼 따로 연락을 드릴까요?"

"그래주면 고맙겠군."

등을 돌리고 빠르게 발을 움직였다.

균열이 열렸다. 최상층으로 돌아오자 이히가 커다란 눈망울로 나를 맞이했다.

"큰일 났어요! 큰일 났어요! 이대로 있다간 씩씩이의 던전이 허물어질 거예요!"

"허둥대지 마라. 그보다 상황은 어떻지?"

"중급 마수 이천여 마리, 상급 마수 오십 마리 정도가 쳐들어온 모양이에요. 이히가 계산을 해봤는데요. 씩씩이 혼자선 절대로 못 막을 것 같아요. 거의 다 뚫렸기도 하고요."

총력까진 아니다. 그래도 상당한 숫자임은 분명했다. 그래도 던전 코어가 부서지면 모든 게 부질없었다. 그 전에 움직여서 막아야 했다.

"크리슬리는?"

"안 그래도 불러왔어요. 이제 도착할 거예요."

"이야기는 전했나?"

"어느 정도는요. 이히가 해도 될 만큼의 말만 했어요."

"잘했다."

"이히히. 앗, 웃을 때가 아닌데!"

입가가 풀어지려는 걸 억지로 억제한 이히를 바라보다가 시선을 옮겼다. 때마침 크리슬리가 몇몇 마수를 대동한 채 다가오는 중이었다. 미리 사태를 파악하고 강하고 기동력 좋은 마수 위주로 선별해 온 것이었다.

마계 옥션에서 구매한 것은 시간이 지나야 들어온다. 우선 지금 가진 마수들로 막을 수밖에 없었다.

크라스라, 기간테스와 백치호, 흑치호, 샤벨 타이거 다수! 리치 한 구, 상급의 골렘들도 포함되어 있었다.

"던전 마스터를 뵙습니다."

마수들이 일제히 무릎을 꿇었다. 하나 그 시간조차 아까웠다.

"일어나라. 지금 즉시 움직일 것이다. 이히! 공간 이동진을 열도록."

"조금만 기다려 주세요!"

이히가 눈을 감았다. 곧 던전 코어가 공명하기 시작했다.

위잉-!

던전 코어가 크게 흔들렸다. 강렬한 공명음과 함께 이동진이 생성되었다. 그러나 한 번에 모두 이동할 순 없었다.

"크리슬리, 샤벨 타이거 무리를 이끌고 따로 이동하라. 중국 던전의 위치는 알고 있겠지?"

"알고 있습니다."

"뒤를 막아라. 한 놈도 빠져나갈 수 없게 하라. 우리의 목표는 놈들의 전멸이다!"

"명을 따릅니다, 나의 던전 마스터시여."

나는 고개를 돌려 정렬한 마수들을 바라봤다.

"나머지는 이동진으로 이동한다. 이동하는 그 순간부터 적들의 피로 몸을 적실 것이다. 따르라!"

아스러지게 주먹을 쥐었다.

오쿨루스!

이런 식으로 내게 대적을 해온단 말이렷다. 하나, 나도 순순히 당해줄 생각은 없었다.

끝을 보고자 한다면, 좋다. 피하지 않으리라. 내 살을 취하고자 한다면 네놈은 뼈를 내줘야 할 것이다.

쿠우우웅!

자이언트 웜이 기지개를 켰다. 던전의 앞에 거대한 구멍이 생겨났고, 그곳을 통해 수천의 마수가 땅을 디뎠다.

"우리의 신을 위하여."

가장 앞에서 다수의 마수를 이끄는 존재.

오쿨루스 휘하의 마족 아즈문!

그의 영혼은 이미 13명의 마족 모두와 동화되어 있었다. 그가 보는 모든 상황을 다른 마족들도 똑같이 보는 중이었다. 본체인 오쿨루스를 '신'이라 칭하며 칭송하는 건 스스로의 얼굴에 금칠하는 것과 다를 바가 없지만 엄밀히 따지자면 아즈문은 분체였다. 하나이되 하나가 아닌, 아즈문 본연의 정신도 조금은 남아 있는 것이다.

앞으로 시간이 지나면 지날수록 겨우 남아 있는 티끌만 한 정신마저 뭉개져 버릴 위험이 있지만 지금 당장은 어쨌든 개인적인 사고를 해내가고 있었다.

크륵! 크르륵!

다수의 오크 떼가 던전의 입구에서 모습을 보였다. 이상을 느끼고 던전의 요정인 씩씩이가 내보낸 마수였다. 그러나 고작 오크로는 이 침략을 막을 수 없었다.

"너희의 주인을 원망하라."

아즈문이 녹색의 활을 꺼냈다. 이어서 활시위를 당기자 거센 풍압이 생겨났다. 하지만 활시위를 당겨도 박히거나 폭발하는 소리는 들리지 않았다.

쿠륵?

대신 오크의 어깨에 기포가 생겼다. 부랴부랴 손으로 털어봤지만 사라질 기미가 보이지 않았다. 도리어 기포가 점점 많아졌고.

펑!

소리와 함께 터졌다.

그러나 터지는 게 끝이 아니었다. 녹색의 넝쿨로 이루어진 괴물이 오크의 몸을 찢어발기며 나타난 것이다.

"우리의 신께서 이 던전의 지배를 원한다. 얌전히 받아들여라."

키에에엑!

녹색의 괴물이 주변의 마구잡이로 물어뜯었다. 곧이어 뒤에 정렬한 수천의 마수가 달려 나갔다.

본격적인 침공이 시작된 것이다.

중국 던전의 최상층.

씩씩이는 얼굴을 붉히며 안절부절못했다.

"씩씩! 이 나쁜 놈들! 저렇게 많이 쳐들어오는 건 반칙이잖아!"

아즈문과 함께 쳐들어온 마수부대는 파죽지세로 최상층을 향해 달려오고 있었다. 숫자도 많고 질도 좋다. 중국의 던전은 이제 겨우 채비가 되기 시작했건만 너무 가혹한 처사였다. 고작해야 오크, 가고일 따위의 하급 마수나 조금 많은 정도인데 막을 수 있을 리가 없었다.

"이히 요망할 계집애. 내가 도움을 청했는데도 왜 반응이 없을까? 씩씩! 나쁜 계집애!"

씩씩이는 두려웠다. 이중 계약이 완료된 시점. 여기서 던전 코어가 부서지면 진정한 '소멸'을 맞이한다. 혼의 조각조차 남기지 못한 채 사라지는 것이다. 이에 자존심을 모두 접고 이히에게 도움을 청했지만 왠인지 묵묵부답이었다.

적의 진군 속도는 빨랐다. 없는 마수까지 쥐어짜 내 방어하는 데 사용하고는 있으나 이 속도라면 한 시간도 채 안 되어서 최상층에 도달할 터였다.

"씩씩……. 훌쩍!"

공포가 어깨를 짓누르자 콧물과 눈물이 나왔다. 사실 씩씩이는 겁이 많았다. 요정들 중에서도 수위에 들 만큼. 씩씩대며 화를 내는 것도 그 겁을 감추기 위한 방편에 불과했다.

"훌쩍! 훌쩍! 난 소멸하기 싫어! 싫단 말야!"

새어 나오는 물을 손등으로 닦으며 떼를 썼다. 요정은 죽지 않는다. 죽음에 달하는 타격을 받더라도 자연으로 돌아갈 따름이다. 억겁의 세월을 보내며 다시금 요정으로서의 자아를 되찾을 수 있었다. 그 자아가 본래의 자아라는 보장은 없지만, 어쨌든 죽지는 않았다.

하지만 소멸은 다르다. 모든 기회를 박탈당하는 것. 어찌할 도리가 없는 일. 본능적인 두려움이 앞섰다. 애써 눈을 돌려 던전 코어 위에 뜬 홀로그램을 바라봤다.

수많은 빨간 점이 28층까지 도달해 있었다. 중국의 던전은 29층으로 이루어져 있었고, 이제 한 층만을 남겨뒀을 따름이었다.

"이히, 나쁜 계집애. 마스터도 미워!"

"그렇군."

"……?"

불현듯 들려온 목소리.

고개를 돌린 씩씩이의 눈이 왕방울만 하게 커졌다.

어느덧 던전 코어 주변에 이동 마법진이 발동하고 있었다. 게다가 그곳을 통해 나타난 이는 씩씩이로서도 매우 반가운 존재였다.

세 곳의 던전을 다스리는 자.

던전의 주인!

그가 강력한 마수들과 함께 모습을 드러냈다.

"적의 현황은?"

씩씩이가 저도 모르게 입을 열었다.

"28층…… 까지 들어왔어."

"때에 맞춰 왔군."

"마, 마스터. 막을 수 있는 거야?"

"당연한 소리를 하는구나."

던전의 주인이 포악하게 웃었다.

"내 허락 없이 발을 디딘 놈들. 다 쓸어버릴 것이다."

·

나는 중국의 던전 앞에 오쿨루스의 팔을 던져 놓은 적이 있었다. 오쿨루스는 그 팔을 통해 던전의 위치를 특정해 낸 것이 분명했다. 아니었다면 이곳을 먼저 칠 이유가 없었다.

어차피 주인이 없는 집이라고 가정할 시, 가장 치명타가 될 수 있는 곳을 털어야 했다. 그러지 않고 중국을 노렸다는 건, 이곳을 내 본진으로 착각하고 있다는 의미였다.

착각을 심어주겠다는 전략이 나름대로 먹혀든 것이다. 이천의 마수와 강한 마족. 충분히 빈집 정도는 털 수 있는 숫자였으므로.

"아즈문. 아니, 오쿨루스라고 불러야 하나?"

"그분은 나의 신이시다. 나는 아즈문. 충실한 신도이지."

29층의 골목에서 아즈문의 마수들과 내가 맞부딪쳤다. 숫자는 아즈문 쪽이 압도적이었다. 하나 질적인 측면에선 내 쪽이 우월했다.

'완전한 동화가 이뤄지진 않은 것 같군.'

혼의 동화에 대해선 아는 바가 거의 없었다. 하나 아즈문의 눈에는 초점이 없었다. 이곳을 보는 것 같다가도 다른 곳을 보는 느낌을 주었다. 오쿨루스와 다른 휘하의 마족들. 모두가 지금의 상황을 보고 있는 것인지도 모르겠다.

작게 혀를 차자, 아즈문이 말했다.

"이 기습 작전은 완벽했을 터이다. 어떻게 알아차린 거냐?"

"내가 마계 옥션에 있는 틈을 타서 던전을 치겠다는 그 뻔한 계획 말인가?"

"뻔했다면 완벽하게 준비하고 대비했겠지. 하나 모습을 보아하니 급하게 달려온 것 같군. 그렇다면 승기는 내게 있다."

"붙어보면 알 테지."

피식 웃고 말았다. 물량 앞에 장사 없다는 이야기는 약한 이들에게나 통용되는 소리다. 소수라도 진정한 강자가 모여 있다면 상대의 숫자가 몇이든 문제가 되지 않았다. 무엇보다 들킨 기습은 성공하지 못하는 법이었다.

"랜달프 브뤼시엘, 너는 진화의 대열에 동참할 수 없다. 우리의 신께선 그를 바라지 아니하신다."

"진화는 너희들끼리 마음껏 하라. 내가 너희를 잡아먹는 사냥꾼이란 사실은 결코 변하지 않으니!"

분노를 꺼냈다.

쿠아아앙!

동시에 뇌신이 튀어나오며 크게 울부짖었다.

아즈문의 팔과 활이 교차했다. 빠르게 다연발로 스킬을 쏘아내며 나를 노려왔다.

'동화 때문인가? 조금은 더 강해진 것 같군.'

스킬 자체는 내게 큰 위협이 되지 않았다. 지능은 항마력과도 관계가 있었고 내 수치는 무려 93에 달했다. 어지간한 스킬이라면 아예 면역 수준인 것이다. 하지만 속도가 예사롭지 않다. 거기다가 영혼의 동화 때문인지 조금 더 강화된 듯

싶었다. 만약 오쿨루스도 이와 비슷하게 강해졌다면 여간 골치가 아플 것 같았다.

"역시 선을 넘은 놈답다. 그러나 네놈의 한계는 거기까지다!"

"지금 말투는 아즈문이 아니라 오쿨루스 같군. 스스로의 정체성이 슬슬 헷갈리는 모양이지?"

"닥쳐라!"

파삭!

마력의 탄환이 바로 옆을 스치고 지나갔다. 뺨이 긁히며 조금이지만 기포가 일었다. 인상을 찌푸리곤 기포가 나는 부분 자체를 손가락으로 파버렸다. 기포에서 무언가가 뿌리를 내리려 하는 게 느껴진 탓이다.

큰 타격은 없지만, 계속해서 맞는 것도 현명하진 못할 것 같았다. 분노나 나태 스킬이 있었다면 조금은 편해졌겠으나 세 번째 세트 아이템을 모으며 사라졌다. '타락'은 아직 무슨 스킬인지 나도 모른다. 하나 아즈문 같은 놈을 상대하며 사용할 스킬이 아니라는 건 알았다.

'오른쪽의 방어가 허술하다.'

익숙하지 않은 것처럼 오른팔을 움직인다. 내가 잘라낸 오쿨루스의 팔도 오른쪽이었으니 그 영향이 있는 것이 확실했다. 약점. 보다 빠른 승리를 위해선 파고드는 게 현명하다.

"다크 소드."

검이 어둠에 잠겼다.

모든 것을 가르고 치유 불가의 상태로 만드는 스킬.

좌악!

날아오는 마력의 탄환을 잘라냈다. 이후 집요하게 오른쪽으로 돌며 아즈문의 허점을 노렸다.

"이놈……!"

그것을 아즈문이라고 모를 리 없었다. 하지만 안다고 모두 막는 건 불가능하다. 거기다가 아즈문을 노리는 건 나 혼자가 아니었다.

쿠아앙!

익숙하지 않은 공격을 대비하느라 아즈문의 신경이 내게 집중되고 있을 그때. 뇌신이 아즈문의 왼쪽 발목을 훑고 지나갔다.

"크아악!"

가까스로 피했으나 발목은 사라진 직후였다. 이에 몸을 뒤틀며 아즈문이 자리에 쓰러졌다.

나는 가만히 다가가 놈을 내려다봤다.

"아즈문, 오쿨루스. 너희는 내 먹이에 불과하다. 먹잇감은 절대로 사냥꾼을 이기지 못하지."

"그깟 힘 좀 얻었다고 기고만장하지 마라. 이건 시작에 불과해!"

"내 생각도 같다. 이건 시작에 불과해."

푸욱!

오른쪽 발목을 마저 잘라냈다.

"크아아악!"

"이제 좀 균형이 맞는군."

도망갈 수 있는 여지를 완전하게 차단시키고 주변을 둘러보았다. 과연. 압도적인 숫자의 차이를 나름대로 잘 극복하고 있었다. 이천의 마수가 고작 백이 안 되는 숫자를 뚫지 못해서 제자리걸음만 하는 중이었다. 물론 이대로 시간을 둔다면 위험해진다. 그러니 그 전에 내가 난입하여 분위기를 바꿔놓을 필요가 있었다.

절대적인 한 존재가 가지는 힘.

상상 이상이다.

이천의 마수가 고작 나 하나의 출현으로 인해 뒷걸음질을 치기 시작했다. 명령을 내려야 할 아즈문이 쓰러졌으니 어쩔 수 없었다. 필사의 각오로 싸움에 임하려는 마수는 매우 드물었다.

쿠엉! 쿠어엉!

겁에 질린 오우거가 빠르게 전장을 이탈했다. 그 뒤를 따라 또다시 수백의 마수가 걸음아 나 살려라 달려 나갔다. 순식간에 전력이 토막 난 것이다. 남은 것은 오합지졸뿐이었다.

"시간이 아깝군. 어서 정리하라."

"제게 맡겨주십시오, 던전 마스터시여. 10분 내로 정리하겠나이다."

크라스라가 붉은 창을 휘둘렀다.

"한다! 정리!"

체력이 넘치는 기간테스도 거대한 몽둥이를 휘두르며 적을 유린하였다. 몽둥이를 휘두를 때마다 강대한 마력의 파장이 마수들을 휩쓸었다. 이번 싸움에서 다섯 기의 골렘이 전투불능의 피해를 입었으나, 그 외의 피해는 전무했다. 최대한 빠르게 아즈문을 처리한 덕분이다.

남은 마수를 정리하는 데 들어간 시간은 10분이 걸리지 않았다. 마지막 트롤의 목을 꿰뚫고 돌아온 크라스라가 한쪽 무릎을 꿇었다. 몸 전체에 피가 낭자했지만 신경도 안 쓰는 태도다.

"모든 적을 섬멸했습니다."

"남은 병력을 이끌고 도망간 마수들을 처리하라. 숫자가 제법 많으니 크리슬리 혼자서는 버거울 것이다."

크리슬리가 이끌고 온 병력은 샤벨 타이거가 전부였다. 백치호와 흑치호가 포함되어 있대도 약간은 버거울 듯싶었다.

"즉시 움직이겠습니다."

크라스라가 기간테스와 리치, 골렘 등의 마수를 이끌고 층을 내려갔다. 그러자 주변엔 시체밖에 남지 않았다.

'살아 있는 게 하나 있지.'

정정한다. 시체만 있지는 않았다. 양다리가 잘린 아즈문이 정신을 잃고 바닥에 쓰러져 있었다.

과다출혈. 낭자한 피의 양으로 볼 때 길어야 10분이었다.

나는 아즈문의 옆으로 다가가 그의 머리를 우악스럽게 붙잡았다.

퍽!

강하게 뺨을 때리자 목이 돌아갔다. 그러한 행동을 여러 번 반복하자 아즈문이 눈꺼풀을 들었다.

"끄으으……."

"일어나라, 아즈문."

"죽…… 여라."

사력을 다해 쥐어짜 낸 한마디. 불쌍히 여겨서 목숨을 끊어주는 것도 아량이겠지만 안타깝게도 그럴 생각이 전혀 없었다.

나는 아즈문의 귀에 입을 대고 작게 말했다.

"아니, 너는 죽어선 안 된다. 영혼이 찢어지는 고통을 느끼기 전까진 결코 죽어선 안 돼."

아즈문을 너덜너덜하게 만들면 오쿨루스에게도 타격이 있을까?

심히 궁금하다. 분체라고는 하지만 영혼이 동화되어 있으니 무사하지는 못할 터. 살이 씹히고 뼈가 부서지는 고통 속에서 허우적거릴 놈의 모습을 상상하자 절로 웃음이 나왔다.

그리고 그 웃음을 본 아즈문이 몸을 잘게 떨었다.

Chapter 36
이히의 기묘한 모험

나는 전장에서 태어났다.

수십 년 이상을 전장에서 보냈다. 생환율이 채 1%가 되지 않는 전장에서도 살아남았다. 아군이라 할 수 있는 모든 이가 전멸했을 때에도 나만큼은 꾸역꾸역 생존했다. 그러다 보니 고문은 익숙하다.

"제바알……."

아즈문은 형태를 알아보기 어려울 만큼 짓뭉개진 상태였다. 살가죽은 죄다 벗겨지고 창자는 전부 삐져나와 있었다. 전신에선 털 한 올조차 보이지 않았으며 귀와 코가 잘려 수평을 유지했다. 양쪽 눈? 진즉에 사라졌다. 고문용 의자와 발 받침대, 그리고 뇌신이 끊임없이 돌아다니며 육체를 태우는 중이었다.

그럼에도 죽지 않는 이유는 간단했다. 세계수의 나뭇잎을 갈아서 만든 최상급의 물약. 꺼져 가는 목숨을 부지시키는 데에 이만한 물건이 없었다.

"아즈문, 이제 신을 부르짖을 힘도 없는 모양이군."

"죽여…… 다오……."

벌써 10시간은 계속된 고문이다. 나는 할 수 있는 모든 걸 했고 가뜩이나 주체성이 없었던 아즈문의 정신은 시시각각 무너져 내리고 있었다. 더는 오쿨루스를 부를 힘도 없는 것 같았다.

'이쯤 해야겠어.'

일반적인 고문으로 줄 수 있는 고통은 여기까지였다.

파악!

분노를 휘둘러 머리를 나눴다. 즉사. 아즈문은 몸 한 번 꿈틀대지 못하고 숨을 거뒀다. 하나 아즈문을 편하게 해줄 생각은 전혀 없었다. 손을 털고 고개를 돌렸다. 이어 여태껏 나를 보좌한 리치에게 말했다.

"리치, 놈의 머리통을 박제시켜 마력구로 만들어라. 좋은 마력원이 되어줄 것이다."

"알, 겠습니다."

지팡이의 마력구로 박제시킬 셈이었다. 시체조차 제대로 남기지 못하고 영원불멸 고통을 받도록 말이다. 나중에 오쿨루스가 그 모습을 보거든 어떤 표정을 지을지도 조금은 궁금했다.

구오오오-

그 순간 균열이 열리기 시작했다. 공간이 일렁거리며 마계 옥션에서 구매한 것들이 하나둘 튀어나왔다.

'내가 있는 던전의 근처로 나오는 것 같군.'

본래라면 한국에 있는 던전에서 나와야 할 것들이었다. 하지만 지금 나는 중국의 던전에 위치하고 있었다. 중국의 던전도 나의 것이니, 내 위치에 따라 물건의 전송이 달라지는 듯싶었다.

"우리 쿠르족의 전사들이 모실 주인은 어디에 있는가!"

던전을 쩌렁쩌렁 울리는 우렁찬 목소리. 이족 보행의 종족이나 말의 다리와 황소의 몸통, 인간의 머리를 가진 쿠르족의 전사들이 가장 먼저 모습을 드러냈다. 그중 우두머리가 고개를 돌려 이윽고 내 뒤에 있는 아즈문을 바라보더니 크게 웃었다.

"고문인가! 우리 쿠르족의 전사들도 고문을 매우 좋아한다!"

"시끄럽다."

고문을 행하며 정신이 조금 날카로워져 있었다. 살짝 눈살을 찌푸리고 말하자 쿠르족의 우두머리가 대뜸 머리를 숙였다.

"주인, 미안하다! 하지만 이게 우리 쿠르족의 평상시 목소리다!"

경매장에선 조용히 있었기에 알지 못했다. 능력치도 준수하고 숫자도 제법 되어서 구매했건만 이런 하자가 있을 줄이야.

쿠르족의 전사는 총 100명으로 이루어져 있었다. 그리고 그 하나하나가 중급 5Lv의 마수와 맞먹었다. 상급에 이르는 전사들도 간혹 섞여 있어서 구매하는 걸 주저하지 않았다.

'잘 싸우기만 하면 됐지.'

나는 능력주의다. 능력이 준수하고 명령만 잘 따른다면 이런 작은 하자쯤은 넘어가 줄 수 있었다.

히히힝-!

쿠르족에 대한 정의를 막 끝낼 때쯤 인페르노 100마리가 균열을 통해 나타났다.

불로 이루어진 말. 초식동물이 아니다. 고블린, 오크, 심지어 트롤마저 잡아먹는 '괴물'이었다. 그런 말이 100마리. 하지만 단순히 숫자만 늘릴 생각이었다면 구매할 생각 자체를 하지 않았을 것이다.

"쿠르족의 전사들은 말을 잘 타고 말의 역량에 따라 전투력이 크게 상승한다고 들었다."

"맞다! 인페르노라면 우리 쿠르족은 트윈 헤드 오우거도 사냥할 수 있다!"

고개를 주억였다. 외지에 사는 쿠르족에 관해선 조금 들어

본 바가 있었다. 그들에 대하여 모든 이가 말하길, '좋은 말을 타면 그만큼 강해지는 종족'이라는 것이었다.

신의 말, 페가수스를 탄 쿠르가 홀로 히드라를 사냥했다는 전설이 전해질 정도다. 한마디로 쿠르족은 기마 민족이었다.

'훌륭하군.'

오쿨루스의 던전을 치는 데 크나큰 역할을 해줄 것이라 믿어 의심치 않았다. 균열을 통해 아이템이 나타나기 시작했고, 리치 가파람도 의연하게 걸어 나왔다.

"으음, 죽음의 기운이 강하게 느껴지는 곳이군. 그다지 유쾌한 기분은 아니야. 이곳이 던전인가?"

"죽음을 먹고 사는 리치라면 친숙해야 정상일 텐데?"

작게 미소를 머금으며 말하자 가파람이 고개를 강하게 저었다.

"나를 다른 얄팍한 리치들과 비교하지 마시오. 연구를 위해 리치가 됐을 뿐, 내 토대는 기본적으로 연금술사요. 생명을 다루고 만드는 일이니 죽음과는 거리가 머오."

"얄, 팍한, 리치?"

안타깝게도 지근거리에 다른 리치 한 구가 있었다. 자신을 비하하는 말이니 기분 좋게 받아들일 수 있을 리가 없었다. 그러나 가파람은 여기서 한술 더 떴다.

"아아, 얄팍하다는 말은 철회하리다. 썩은 내 나는 리치가 하나 있었군."

"죽, 고, 싶나?"

"싸움은 야만인들이나 하는 것이지."

"마, 스터. 허락을."

리치가 나를 바라봤다. 내 앞에서 함부로 싸울 순 없고 먼저 허락을 받은 뒤 묵사발을 내겠다는 의도였다.

"불허한다."

리치가 얼굴을 푹 숙였다. 이에 가파람이 콧대를 세웠다.

"가파람, 내 던전에서 문제를 일으키는 건 허락하지 않는다. 무슨 말인지 알아들었을 테지?"

"알겠소. 연구를 위해 참아보겠소."

반말도 존대도 아닌 것이 참으로 애매한 말투다. 하지만 나는 상대의 말투에 크게 신경을 쓰지 않는 편이었다.

"그 연구에 관해선 크게 기대하고 있다."

"……고맙소. 솔직히 50만이나 되는 포인트를 불렀을 땐 기분이 묘했소만, 내 가치를 인정해 준다는 뜻이라 받아들이니 마음이 편했소. 더욱 의욕이 났지. 장담컨대, 후회하지 않을 것이오. 최강의 호문쿨루스를 만들어서 마스터가 마왕이 될 수 있도록 최선을 다해 돕겠소."

"든든하군."

"그래서 말이오. 경매장에서 말했다시피 공방을 만들고 싶은데……."

가파람이 뒷말을 죽였다. 200만 포인트가 필요하다고 했던가? 내게 있어서 부담이 될 정도의 수치는 아니었다.

"조만간 자리를 마련해 주마."

"역시 내 가치를 알아본 마스터답소!"

가파람이 기쁜 듯 휘파람을 불었다. 겉으로 보기엔 전혀 리치처럼 보이지 않았다. 인간의 얼굴 가죽을 붙이고 내부의 장기들도 만들어낸 듯싶었다. 대단한 재주라면 대단한 재주였다.

균열이 다시 일렁거렸다.

나가 퀸.

드워킹.

그리고 크라켄 다섯이 연이어 균열을 뚫고 나왔다.

쉬- 쉬-

소리를 내며 다가온 나가 퀸이 뱀의 꼬리를 이용해 내 몸을 한 차례 조였다. 무례하다 할 수도 있는 행동이지만 내 체취 등을 파악하려는 움직임이라는 것을 알았기에 가만히 내버려 두었다.

대략 20초 정도가 흐르고 나가 퀸이 꼬리를 풀었다. 다음으로 꼬리를 살랑대며 몸을 잔뜩 낮췄다. 복종의 자세다.

드워킹은 뚱한 표정으로 고개만 살짝 숙여 보였다. 다른 드워프와 다른 점이라고 한다면 수염이 푸르다는 점이었다. 그 외엔 딱히 외견상의 차이가 보이진 않았다. 크라켄 다섯 마리는 딱히 이렇다 할 움직임이 없었다. 물이 없어서인지 죽은 듯이 있었다. 하지만 그것만으로도 충분했다.

크라켄을 보고 가장 먼저 든 생각은 '크다'는 것. 제일 작은 크라켄의 크기가 60m는 되어 보인다. 그런 게 다섯이다. 던전의 최상층은 높고 넓지만 빈자리가 없는 것만 같은 착각을 가져다주었다.

'바다에선 무적이지.'

적어도 바다에 한정하여 크라켄을 이길 수 있는 존재는 거의 없었다. 강력한 용족도 함부로 바다에 있는 크라켄을 건드리진 않았다. 바다 지형을 만들어 그곳에 풀면 방어적인 측면에선 안심할 수 있었다.

쉬아아아!

균열이 더욱 크게 요동쳤다.

'이제…….'

마지막 하나. 드디어 모습을 보일 존재를 떠올리자 절로 입꼬리가 올라갔다.

'마고!'

기간테스, 그리핀보다도 레벨이 높은 최상급의 마수. 마고가 외눈을 움직여 나를 주시했다.

이왕지사 중국으로 경매 물품이 이동된 김에, 나는 아예 중국의 던전을 전진기지 삼았다. 이곳에서 모든 준비를 끝마친 뒤 오쿨루스를 칠 작정이었다. 해서 크리슬리를 비롯한 주요 마수들을 모두 불러왔다. 경매에서 건진 아이템을 전해 주고 즉시 태세를 갖추려면 시간이 빠듯했다.

"마, 마스터. 이히한테는 너무나도 과분한 것이에요. 요정 기사의 검이라니. 이히는 아직 자격이 부족해요."

그리고 이히도 함께하고 있었다. 씩씩이는 무언가 마음에 안 든다는 듯 이히를 흘겨봤지만, 이히는 신경 쓸 겨를도 없다는 듯 요정 기사의 검만 주시하는 중이었다.

"너의 격이라면 충분하다."

근원의 요정이 되며 격이 올라간 이히다. 자격은 차고 넘쳤다.

"하지만 요정왕이 오직 한 요정에게만 하사하는 검이에요. 마지막 요정왕이 나타난 게 벌써 2만 년은 더 됐다고 알아요. 이히히, 기쁘기는 하지만요."

"이히."

"네, 마스터."

"받아라."

"네……."

잠시 머뭇거리던 이히가 눈을 질끈 감고 요정 기사의 검을 쥐었다. 고작 30㎝ 길이에, 검보다는 '꼬챙이'란 표현이 어울릴 법한 생김새지만, 요정의 크기로 보자면 이것도 꽤 길었다.

이히가 막 요정 기사의 검을 쥔 순간이었다.

"어어?"

검에서 빛이 쏟아지며 작은 문을 만들었다. 문은 생겨나자마자 이히를 빨아들였다.

['요정 기사의 검'이 요정 '이히'의 격을 시험합니다.]

[요정 '이히'가 시험의 방으로 이동됩니다.]

'이건 예상 못 했군.'

강제 전이가 이뤄졌다. 격이라면 충분할진대 따로 시험을 보는 게 있었던 것 같다. 혹시나 싶어서 축복으로 연결된 통로를 열고 이히에게 말을 건네봤지만 묵묵부답이었다.

"나, 나의 던전 마스터시여. 요정님이 사라졌습니다."

크리슬리가 눈을 크게 뜨며 말했다.

"……별일 없을 것이다."

이미 사라졌고 연결도 무슨 이유에서인지 끊겼다.

내가 할 수 있는 일이 없다는 뜻. 그저 무사히 돌아오길 짧게 빌어줄 따름이었다. 매정하다 여길 수도 있지만 오랜 시간을 허비하기엔 아직 할 일이 많았다.

'잠시의 시간도 아쉽다.'

오쿨루스의 진정한 의도를 알지 못한다. 습격으로 분체를 보냈다지만 오쿨루스를 비롯한 나머지는 그 시간 동안 무슨 작당을 벌이고 있을지 짐작도 되지 않는 상황이었다.

게다가 오쿨루스는 내 상태창을 보았다. 던전 사냥꾼의 칭호도 당연히 목격했을 터. 잔여 포인트를 말미암아 내 던전이 이곳 한 곳만이 아니라는 것도 눈치챘을 게 분명했다. 이 불안함을 종식시키기 위해선 오쿨루스보다 빠르게 움직일 필요가 있었다.

"크라스라, 받아라."

"감사합니다."

용갑주를 건네받은 크라스라의 눈에 강렬한 호기심이 서렸다. 타쉬말에겐 굳건한 신념을, 크리슬리에겐 쌍둥이의 정신 교감을 주었다. 쌍둥이의 정신 교감은 쌍둥이 다크 엘프 '로이'와 '로제'가 사용할 것이었다.

'이히, 너의 능력을 보일 기회다.'

누구도 상상치 못한 창의력!

그 힘을 소유한 이히라면, 시험 따윈 가볍게 통과할 것이다. 여전히 불안하긴 하지만 지금으로선 딱히 방법이 없었다.

요정 기사의 검을 쥐고 어정쩡한 자세 그대로 이히는 주변을 돌아봤다.

분홍빛 세상.

계곡에선 달콤한 꿀이 흐르고 천지에 온갖 과자가 널렸다. 하늘에는 커다란 무지개가 떠 있었고 태양은 왜인지 거대한 쿠키의 모습을 하고 있었다. 쿠키에서 태양빛이 나오는 게 영 어색하기 그지없었다.

분홍색 유니콘이 주변을 뛰놀았으며 분홍색 영지버섯과 분홍색 해바라기 등이 매우 이색적이었다. 분홍색 개와 분홍색 고양이, 심지어 지천에 깔린 과자도 모두 분홍색이었다.

이곳은 분홍동산이다.

듣도 보도 못한 장소.

천하의 이히마저 당황할 수밖에 없었다.

"어버버버버. 여, 여긴 어디야?"

침을 꼴깍 삼킨다. 검을 쥔 손이 부들부들 떨려왔다. 웬 문이 나타나더니 거기로 끌려간 기억까지는 나는데, 그다음 보이는 게 이런 말도 안 되는 광경이다. 어찌 놀라지 않을 수 있겠는가.

"마스터? 다 어디 있어요? 이히를 놀리면 못 써요……?"

쥐 죽은 듯이 작게 말하며 분홍색의 수풀 뒤로 몸을 숨겼다. 마스터는커녕 주변에 존재하는 생명체라곤 저 분홍색 유니콘이 전부였다.

히힝~

혓바닥을 내밀고 귀도 쫑긋 세운 게 어쩐지 정상적으로 보이진 않았다. 풀을 뜯어먹다가 혓바닥을 씹어서 뒤집어지는 등 아무리 봐도 '정신병'을 의심케 하기에 충분했던 것이다.

"저 정신병자 유니콘한테 걸리면 이히도 무사하지 못할 거야. 이, 일단 여기 숨어서 상황을 지켜보는 거야. 마스터께서 말씀하셨잖니. 어…… 호랑이 굴에 들어가면 잡아먹힌다?

아, 아냐. 이게 아닌데. 뭐였지?"

공황 상태에 빠졌다. 홀로 여러 가지 생각을 이어가며 애써 현실을 외면하려 들었다. 하지만 시간이 지나도 분홍색 유니콘은 제자리에서 가만히만 있었다. 심지어 쿠키 모양 태양도 저물지를 않았다.

"앞으로 딱 백만 세어보자. 그러면 저 유니콘도 지쳐서 다른 곳으로 가겠지. 일, 이, 삼…… 구십구…… 일, 이, 삼……."

구십구까지 세기를 수백 번 반복할 때쯤, 드디어 유니콘이 움직이기 시작했다.

히힝~!

오줌이다. 사방 천지에 오줌을 마구 갈겨대는 것이다. 마치 분수가 터지듯 번져서 자기 몸에도 마구 묻었다.

"역시 저 유니콘은 제정신이 아니야. 그런데 마스터보다 크구나. 그래도 마스터는 커다란 무기가 두 개잖아. 이제 세 개로 늘어났다구. 전체적으로 보면 마스터의 승리야. 이히히."

불뚝 튀어나온 한 부위를 비교하며 이히가 작게 손뼉을 쳤다. 마스터와 관련된 것이라면 뭐든지 강한 관심을 보이는 이히였다.

그러나 즐거운 시간도 잠시. 알 수 없는 장소에서 알 수 없는 유니콘과 대치하는 이히는 빠르게 지쳐 갔다. 어느 순간 피로가 몰려들었고 이히는 깜빡 눈을 감고 말았다.

"히잉. 마스터, 보고 싶어요. 이히가 앞으로 열심히 할게요. 이히를 버리지 마세요…… 음냐.”

긁적긁적 배를 긁으며 이히가 잠꼬대를 남발했다.

꿈속에서 이히는 던전 마스터와 손을 잡고 꽃밭을 달리고 있었다. 하하호호 웃고 떠드는 둘의 사이는 무척이나 괜찮아 보였다.

“마스터, 이히는요. 사실은요. 마스터를 좋아해요!”

작은 꽃다발을 예쁘게 만들어서 마스터에게 건넸다. 그러자 꽃다발을 건네받은 마스터가 미소 지으며 이히의 머리를 쓰다듬었다.

“나도다. 이히, 처음 보는 그 순간부터 너에게 사랑이란 감정을 느꼈다.”

“아……! 마스터와 이히의 이어짐은 태초부터 결정된 것이에요!”

“신조차 우리의 사랑을 갈라놓을 수는 없다. 내가 마왕이 되거든 이히, 오로지 너만이 내 옆자리에 어울린다 할 수 있다. 영원히 내 옆에 있어다오. 내 손이 닿는 곳에 너의 머리가 있다면, 이히 너의 그 아름다운 머릿결을 쓰다듬을 수 있다면 나는 언제나 행복할 것이다.”

“이히두요. 마스터가 머리를 쓰다듬어 주는 게 세상에서 제일 좋아요. 이히히. 앞으로 이히를 꾸짖으면 안 돼요!”

“그럼. 당연하다마다. 정원을 늘려주마. 꿀벌들도 마음껏 괴롭혀라."

"이히히!"

"그뿐이냐? 매일 열 번씩 칭찬해 주겠다."

"이히히히!"

"머리는 백 번씩 쓰다듬어 주고."

"이히히히히!"

행복하다. 이 시간이 영원히 계속되길 빌고 또 빌었다. 하지만 한 가지 걸리는 게 있었다.

"저, 그런데 마스터? 왜 계속 이히의 뺨을 혓바닥으로 핥으세요?"

"……."

"마스터? 어, 왜 얼굴이 갑자기 분홍색이……."

"아, 안 돼!"

허리를 세우고 자리에 일어난 이히가 눈을 동그랗게 떴다. 싱그러운 꽃밭도, 사랑을 속삭이던 마스터도 근처에 없었다.

"헉, 헉, 꿈이구나. 다행이다. 마스터의 얼굴은 분홍색으로 변하지 않았던 거야."

어찌나 놀랐는지 식은땀이 다 났다. 이히는 손등으로 땀을 닦았다.

"뭐지? 왜 이렇게 끈적거려?"

하나 땀만 닦았다고 하기엔 질척거리는 액체가 묻어나왔

다. 인상을 찌푸리며 고민을 이어 나갈 바로 그 찰나.

후웅.

옆에서 느껴지는 거친 숨소리. 동시에 무언가가 이히의 뺨을 핥고 지나갔다.

"……."

슬쩍 눈을 돌려 상대를 확인한 이히는 바짝 얼어붙었다.

히힝~

분홍색의 유니콘이 혓바닥을 반쯤 내밀고 머리를 사정없이 흔들어 대고 있었기 때문이다.

"……."

히힝~

헤드뱅잉!

유니콘의 머리가 사정없이 상하좌우로 움직였다. 혐오스러운 수준이었다. 절로 콧물과 눈물이 삐져나왔다.

"히잉……."

히힝~!

날개가 침으로 젖어서일까?

펴지지 않았다. 날지도 못한다. 하는 수 없이 이히는 앙증맞은 두 발로 빠르게 뛰기 시작했다. 그리고 그 뒤를 분홍색 유니콘이 차분하게 따랐다.

"따라오지 마! 이히는 맛없어!"

이히는 필사적이었다. 뒤뚱대며 분홍색 수풀을 마구 헤쳤다. 그러길 수십 분. 지치기 시작한 이히의 표정이 점점 굳어갔다.

“이대로는 안 돼. 저 변태 유니콘한테 잡아먹힐 거야.”

그나마 다행인 점이라면 유니콘이 시야에 없다는 것이었다. 머지않아 따라잡힐 게 분명하지만 아직 기회는 있었다.

주변을 빠르게 훑던 이히가 한 장소로 시선을 옮겼다.

“저기서 몸을 숨기고 있자.”

언덕의 아래. 사각지대에 작은 동굴이 있었다. 언뜻 보면 보이지 않아서 몸을 숨기기엔 적당한 장소일 듯싶었다. 빠르게 달려 나간 이히가 동굴 안으로 들어갔다.

“휘유~ 힘들다. 이히는 이제 걸을 힘도 없어요.”

동굴 벽에 등을 기대고 앉아 열심히 고사리 같은 손으로 발을 주물렀다. 이 정도로 뛰어본 게 언제인지 기억도 나지 않았다. 아니, 생각해 보니 처음인 것 같기도 했다. 날아가면 될 걸 굳이 뛸 필요는 없으니 말이다. 조금의 휴식 시간을 갖은 뒤 이히는 동굴 안쪽을 바라봤다.

“이상하게 생긴 동굴이네. 버섯이 엄청 많아.”

분홍색 버섯들이 눈에 띌 정도로 많았다.

그래도 생김새는 모두 제각각이어서 이히의 호기심을 자극했다.

“혹시 모르니까 안으로 더 들어가야겠어. 이히의 안전은 이히 스스로 지켜야 해."

꽁차!

힘겹게 자리에서 일어난 이히가 천천히 발을 움직였다. 안으로 들어갈수록 버섯의 종류도 많아지고 크기가 더 커지는 것 같았다. 그렇게 삼십 분가량을 더 걷자 커다란 공터가 나타났다. 공터의 중심부에는 다른 버섯과는 차원이 다른 크기의 버섯이 자리하고 있었다.

"와~ 엄청 크다. 대왕 버섯이야, 이히히."

슬쩍 다가가 톡톡 밑 부분을 두드려 보았다. 말캉말캉한 게 부드럽다. 재미가 들린 이히가 끊임없이 버섯을 손가락으로 찔렀다.

쿠우웅.

머지않아 동굴이 흔들렸다. 대왕 버섯이 움직이기 시작한 것이다.

"에구머니나!"

화들짝 놀란 이히는 재빨리 뒷걸음질을 쳤다. 그리고 대왕 버섯의 중심부에 눈과 길쭉한 입이 생긴 걸 보고 잠시 할 말을 잃었다.

"감히 어떤 바보 같은 요정이 우리 버섯 나라를 침범했느냐. 나 버섯왕 머쉬룸이 용서하지 않겠노라!"

"버섯버섯."

"침입자다, 버섯."

"죽여라, 버섯."

주변의 버섯들도 자리에서 일어났다. 졸지에 갇혀 버린 이히가 몸을 부들부들 떨었다.

"이, 이히한테 왜 그러세요?"

대왕 버섯이 말했다.

"흥, 침입자 주제에 말이 많다! 죽어라!"

"버섯버섯."

"죽여라, 버섯."

조그만 버섯들이 사방을 에워쌌다. 이히가 양손을 모아 간절히 빌었다.

"사, 살려주세요."

"버섯버섯!"

하지만 씨알도 먹히지 않았다.

"마스터……."

이히는 눈을 꾹 감아버렸다. 마스터와 꽃밭을 거니는 건 언감생심 바라지도 않는다지만, 마지막으로 그 얼굴만큼은 꼭 보고 싶었다.

그때였다.

히이힝~!

백마 탄 왕자, 아니, 백마가 나타났다.

유니콘!

뿔을 내세워 버섯들을 학살하며 빠르게 이히의 앞에 섰다.

아무런 일도 일어나지 않자 이히는 눈을 떴고, 곧 유니콘을 발견할 수 있었다.

"변태 유니콘?"

히힝~

"설마 이히를 구해주러 온 거니?"

히힝!

"아!"

이히는 감동했다. 정신병자에 변태라고 여긴 유니콘이 자신을 구하고자 동굴 안을 들어온 것이다.

"이히가 착각했어. 너 정말 착한 유니콘이구나?"

히힝!

"그럼 이히를 동굴 밖으로 보내줄래?"

히힝.

"안 된다고? 이히가 이 버섯들을 물리쳐야 한다는 말이야?"

히힝!

"이히는 약한데……."

히힝~

"이히라면 할 수 있다고? 아, 알았어. 한번 해볼게."

요정 기사의 검을 들었다. 이후 심호흡을 한 이히는 마스터의 움직임을 떠올렸다. 검을 들고 적을 학살하는 멋진 자태. 그저 떠올리는 것만으로도 황홀한 그 움직임들!

"얍!"

당찬 외침과 함께 이히가 검을 휘둘렀다.

"미안합니다."

버섯은 약했다. 버섯왕 머쉬룸도 크기만 클 뿐이었다. 버섯 몇을 처리하고 머쉬룸의 몸에 검을 찌르자 그가 고통에 찬 신음과 함께 사과를 해온 것이다.

"그대는 전설의 요정이시군요. 요정 기사의 검을 들고 계시다니……."

"전설의 요정? 그게 뭐야?"

이히가 고개를 갸웃했다. 그러자 머쉬룸이 이어서 말했다.

"예, 우리 버섯 왕국과 쿠키 왕국에 전해져 내려오는 전설입니다. 요정 기사의 검을 든 요정이 나타나 분홍 여왕으로부터 분홍빛이 된 세계를 구한다는 내용이지요."

"분홍 여왕으로부터 세계를 구해? 이히는 그런 거창한 일 못해."

"그, 그런 소리 마십시오. 요정님은 우리의 유일한 희망이십니다! 분홍 여왕에게 잡혀서 평범한 버섯과 쿠키가 되어버린 동료를 생각하면 정말 눈물이 납니다."

"하지만…… 못하는 건 못해. 그것보다 이히를 원래 있던 곳으로 보내주지 않을래? 마스터에게 말하면 이런 문제는 가볍게 해결해 주실 거야."

머쉬룸이 눈을 깜빡였다.

"원래 있는 세계, 말입니까? 아, 역시 전설대로 요정님은 별세계에서 오신 분이군요. 그 문제도 분홍 여왕이 답을 알고 있을 겁니다."

이히는 턱을 쓸었다. 마스터가 고민할 때의 습관처럼. 그러나 그런다고 마스터와 같은 해답을 찾을 수 있을 리는 없었다. 그냥 해본 거다.

"이히에게 가능한 일일까?"

"지금으로선 힘들겠지요. 하지만 버섯 왕국과 쿠키 왕국에 전해지는 전설의 무구를 착용하면 승산이 있습니다. 거기다가 전설의 유니콘까지 있지 않습니까! 승리는 확실합니다."

히힝~

유니콘은 여전히 머리를 흔드는 중이었다.

솔직히, 더럽다. 침도 튀겼다. 착한 녀석이라는 사실을 알았지만 별개의 일이다. 비위가 좋은 이히도 저 모습을 계속해서 쳐다볼 자신이 없었다. 애써 외면한 이히가 궁금한 것을 물었다.

"그런데 쿠키 왕국은 또 뭐야?"

머쉬룸이 한숨을 내쉬었다.

"지금은 사이가 별로지만 예전에는 자주 어울리던 우리의 형제국이었습니다. 분홍 여왕에게 대항한 쿠키왕이 태양이 된 뒤로 그들은 모든 외교를 끊었지요. 매일 하염없이 태양만 바라보는 게 그들의 일과입니다. 부디, 우리와 그들을 구제해 주십시오."

"버섯버섯."

"제발! 버섯!"

수천, 수만의 버섯이 일제히 울었다. 그 모습이 애처로워서 이히마저 마음이 동할 정도였다. 거기다가 왕이 태양이 되었다니. 그것을 하루 종일 바라만 보고 있는 게 일상이라니. 마치 이히 본인의 이야기 같다. 매일 마스터를 바라만 보는 이히 자신이 투영되었다. 검을 휘두르는 감촉도 좋았고 버섯들을 물리치며 자신감도 붙었다.

'전설'이라고 띄워주기까지 하니 아주 분기탱천할 기세였다.

"분홍 여왕을 물리쳐야 이히가 돌아갈 수 있다는 거지? 알았어. 이히한테 맡겨!"

가슴을 두드리며 이히가 자신 있게 말했다.

Chapter 37
마족포식자

하이엔달의 목걸이.

선지자, 검의 주인이라 불린 그의 목걸이는 착용하는 것만으로도 강력한 검술을 사용 가능하게 만들어준다. 전생에선 아리엘 디아블로가 지녔었고 그로 인해 한 차원 진일보한 실력으로 적들을 평정했다. 하지만 이제는 나의 것이다. 다른 누구도 아닌 나만의 것이었다. 달의 모양을 하고 있는 목걸이를 목에 둘렀다.

그와 동시에.

[하이엔달의 목걸이를 착용했습니다.]

[비기 검술 '달빛 낙하(Epic, Passive)'를 익혔습니다.]

청랑한 기운이 몸속으로 들어온다. 전신에 푸른빛이 서렸고 그 빛은 달의 그것을 꼭 닮았다. 거기다가 오늘은 만월. 새롭게 받아들인 검술을 실험해 보기엔 절호의 날이다.

'이것이…… 달빛 낙하.'

그저 기운만 받아들인 게 전부가 아니다. 머릿속으로 검술에 대한 정보가 하나둘 들어오고 있었다.

그리고 그 속에 하이엔달이 있었다. 야수와 같은 몸매, 정리되지 않은 털과 덥수룩한 머리, 다 닳아서 날이 빠진 낡은 검을 두 자루를 손에 쥔 채 그가 걸어온다.

머릿속에 존재하던 이가 어느새 내 망막에 새겨져 검술의 시범을 보이는 중이었다.

검의 궤적 하나하나에 달빛에 담겨서 보는 이로 하여금 감탄이 절로 나오게 만드는 아름다운 검술.

아름답다. 그저 검을 휘두르는 행위가 전부일진대 이런 감상이 가능하다니.

검을 든 무희가 추는 춤과는 비교가 안 된다. 하나하나가 절초다. 아름답지만 적의 심장과 머리를 꿰뚫는 비장함도 섞여 있었다.

나로선 새로운 경험이었다.

'한 차원 진일보한 검술.'

하!

전생에서 아리엘이 선보인 달빛 낙하는 강렬했다. 그러나 아름답지 않았다. 필시 달빛 낙하를 자신의 색깔에 맞춰서 재조립한 것이리라.

그녀는 수천, 수만 가지의 검술을 안다. 그 모든 걸 흡수하고 하나의 검으로 만들어낸 게 '어비스 소드'였다. 그녀에게 있어선 검의 주인이라 일컬어지는 하이엔달의 검술조차 하나의 부품처럼 보였을지도 모르겠다.

하나, 내 감상은 다르다.

'있는 그대로를 가지고 싶다.'

나는 제대로 된 검술을 모른다. 내게 주어진 것은 실전뿐이었다. 적의 살을 가르는 기술. 적의 뼈를 부수는 단순함. 그게 전부라고 생각했다. 그거면 충분하다고 여겼다.

검술? 굳이 익힐 필요성을 느끼지 못했다. 그러나 하이엔달이 직접 행하는 달빛 낙하를 보고 편견이 바뀌었다. 이건 그 자체만으로도 완성되어 있다. 굳이 변형을 가할 필요가 없었다.

물론 해석의 차이가 있을 순 있었다. 내가 실전으로 다진 검술도 달빛 낙하에 크게 뒤떨어지진 않는다고 생각한다. 하지만 달빛 낙하를 익히면 내 스스로가 가진 '벽'을 깰 수 있으리란 확신이 들었다.

실제로 나의 검술은 십 년이 넘게 정체 중이었다. 능력치가 상승하고 강해졌다 하지만, 기술 자체의 변화는 그다지 없었다.

그러니 익히고 싶다. 있는 그대로 흡수하고 싶었다. 아리엘처럼 재조립하는 건 내 실력이 부족하기도 하거니와 본래 주인이 만든 '순수성'을 파괴할 것만 같아서 그다지 내키진 않았다.

'하이엔달, 너를 가져야겠다.'

손을 뻗었다. 망막에 새겨진 하이엔달은 내 손을 그대로 투과했다. 실체 없는 허상. 그의 손은 계속해서 달빛 낙하를 그린다. 만월에서 쏟아지는 달빛이 무게를 담아 무겁게 떨어져 내리는 느낌이었다.

선지자.

검의 주인.

그는 강했고, 나는 그의 순수성을 존중한다.

달을 사랑해서 달 자체가 되어버린 하이엔달.

그의 희로애락이 달빛 낙하에 고스란히 담겨 있었다. 그것을 익히고, 하이엔달 자체를 알게 된다면, 나 스스로가 성장하는 데 크나큰 도움이 되리란 확신이 머릿속을 떠나지 않았다.

"고즈넉한 밤하늘의 만월은 나도 좋아하는 편이지."

피식 웃었다.

전장의 기억이 나서일까?

살육이 판을 치는 곳. 아군조차 믿지 못하는 장소. 그래도 달은 유일하게 나의 편이었다. 홀로 변하지만 누구도 배신하지 않는.

하이엔달의 마음을 조금은 알 것 같았다.

나는 분노, 황제의 검을 양손에 들었다. 그리고 날이 새도록 휘둘렀다.

대책 없이 움직일 순 없었다. 계획을 짜야 했고 부대를 나눠야 했으며 마계 옥션에서 구매한 아이템에 적응할 시간이 필요했다. 대공 오쿨루스가 상대이니만큼 만반의 준비를 갖춰도 부족할 지경이다.

"절대로 들켜선 아니 될 것이다. 적절한 거리에서 오쿨루스와 휘하 중요 마족들의 던전을 감시하라. 수정구를 통해 하루에 한 번 보고하면 된다."

"명을 따릅니다, 던전 마스터시여."

움직이기 전, 정찰은 필수다. 기동력을 위해 소수의 다크엘프와 크라스라를 내보냈다. 내 상태창을 본 오쿨루스지만 내가 자신의 던전이 어디에 위치하고 있는지 안다는 사실은 꿈에도 모르고 있을 것이었다.

'네놈은 오만하다. 오만은 방심을 부르게 마련이지.'

그가 모종의 움직임을 보이고 방심할 때 허를 찌르는 게 목표였다. 길지는 않을 것이다. 지금은 그 시기를 재며 조금이라도 힘을 쌓을 때였다.

"스테인, 드워킹의 작업은 얼마나 진척되었지?"

“그는 정말 대단합니다! 벌써 유니크 등급의 무기가 일곱 점이나 완성됐습니다. 이 속도면 보름 안에 기초적인 준비를 끝낼 수 있을 듯합니다. 그다음 기간테스가 사용할 거대한 무기마저 완성한다면 순식간에 전력이 배가 될 것입니다.”

스테인은 뿌듯한 어조로 말했다. 과연 실력 좋은 대장장이와 우월한 재료가 갖춰지자 괜찮은 무기가 쏟아지고 있었다. 덕분에 드워프들도 나날이 성장을 꾀하는 중이었다.

보름이라.

허투루 사용할 수 없는 귀중한 시간이다. 몇 가지 급한 일을 해결한 뒤 달빛 낙하를 익히며 나머지 아이템을 꺼냈다.

천년의 낙인, 낙뢰의 보주도 하이엔달의 목걸이와 마찬가지로 내 성장을 위한 아이템이다. 정확히 말하자면 ‘뇌신’의 영향력을 넓히기 위한 작업이었다.

‘낙뢰의 보주는 전기 속성과 관련된 스킬을 강화시켜 주고 회복시켜 주지.’

심안을 열어서 재차 내용을 확인했다.

이름 - 낙뢰의 보주(Ex U)

설명 : 뇌룡이 100년간 입에 머금은 보주.

*유니크 이하 전기 속성 스킬을 강화시킨다. 사용자의 전기 속성 마력을 하루 한 차례 회복할 수 있다.

**전기 속성 정령이 깃드는 게 가능.

뇌신은 워낙 등급이 높아서 강화의 효과가 없었다. 내가 노리는 건 '회복'과 비밀 옵션에 적힌 '합체'였다.

'뇌신, 이동해라.'

스멀스멀거리며 뇌신이 일어났다. 낙뢰의 보주 안으로 뇌신을 옮기려는 셈이다. 그것도 단순한 이동이 아니라 진체를 옮기려 했다.

그 의도를 읽었는지 뇌신이 마음에 들지 않는다는 듯 저항했지만 그렇다고 내 명령을 거역할 순 없었다.

잠시 후 뇌신의 진체가 보주로 이동했다. 순간 강렬한 박탈감이 찾아왔지만 애써 무시했다. 집중력을 요하는 작업이니 조금이라도 방심해선 안 된다.

['전격의 정령(Epic)'이 '낙뢰의 보주(Ex U)'에 깃들었습니다.]

[정령의 등급이 무척 높습니다. 보주의 효과가 강화됩니다.]

[이름이 '낙뢰의 보주(뇌신)'로 변경됩니다.]

['전격의 정령(Epic)'의 사용 효율이 올라갔습니다. 정령을 사용하기 위한 재료의 소모가 절반으로 줄어듭니다.]

이어서 천년의 낙인을 꺼냈다. 도장처럼 생긴 이것은 일종의 '계약'을 위한 아이템이다. 낙뢰의 보주와 나를 연결하고 뇌신이 이동 가능하다는 점을 이용해 낙뢰의 보주 안에 넣어서 지속 시간을 늘리려는 셈이다.

'인간들은 이러한 행위를 보고 꼼수라고 하던가?'

눈썹을 찌푸렸다. 꼼수라는 단어의 어감이 별로다.

'아니, 활용이라 하지.'

방법을 구하고 활용하는 것. 지금 내가 벌이는 일이었다.

뇌신의 진체가 보주로 완전히 이동된 것을 확인하고 보주에 한 번, 나의 심장 주변에 한 번 도장을 찍었다.

[천년의 낙인이 발동됩니다. '낙뢰의 보주(뇌신)'와 '나락군주의 심장'이 연동되었습니다.]

['뇌신'이 앞으로 항시 현현합니다. 스킬을 사용하지 않을 때도, 1/10에 달하는 힘을 정령 스스로 이용하는 게 가능해졌습니다.]

[천년의 낙인이 사용을 다하고 소멸했습니다.]

낙인은 1회성 아이템이었다.

그러나 효과는 충분했다. 낙뢰의 보주가 빛나더니 이윽고 주먹만 한 작은 번개의 용이 나타났다.

뇌신이었다. 뇌신은 돌연 현신한 게 이상한지 당황하여 보주 주변을 이리저리 돌아다녔다.

'힘은 10분의 1로 줄었지만, 24시간 발동한다는 게 큰 매력이지. 줄어든 힘도 내가 스킬을 사용하면 회복하고.'

자동으로 나를 지켜줄 존재 하나가 탄생한 것이다. 본래 뇌신은 자의로 내 몸을 빠져나오지 못한다. 하지만 보주와 내 심장을 매개물 삼아서 24시간 현현하는 게 가능했다.

작아진 뇌신이 이윽고 내 머리 위를 뱅뱅 돌았다. 나름 자유를 얻은 셈이니 기분이 좋은 모양. 주먹만 한 크기라고 얕보아선 안 된다. 십분의 일이라곤 하지만 상급의 마수도 직격을 당하면 생명이 위태로울 수 있었다.

"잘 부탁하마."

뇌신이 더욱 빨리 날았다.

'이제 상자를 열 시간이군.'

마계 옥션에서 구매하고 정리할 마지막 하나. 알 수 없는 상자가 자신의 차례를 기다리고 있었다.

관처럼 생긴 상자.

그것을 앞에 둔 크리슬리가 물었다.

"나의 던전 마스터시여, 이 상자를 열면 됩니까?"

"그렇다. 여는 즉시 나오는 물건이 너에게 귀속될 것이다."

"……열겠습니다. 물러나십시오."

무엇이 나올지 나조차 모른다는 걸 크리슬리가 눈치채곤 말했다.

하나 나는 고개를 저었다.

"괜찮다. 만에 하나의 상황이 된다면 내가 나서는 게 더욱 안전하다."

"알겠습니다. 그럼."

심호흡을 한 크리슬리가 움직였다. 이어 상자에 손을 대고 조심히 뚜껑을 들어 올렸다.

후우웅.

거대한 울림.

누군가의 포효와도 같은 그것. 동시에 보랏빛 빛이 상자에서 쏟아졌다.

"나의 던전 마스터시여, 이건……."

크리슬리가 눈을 깜빡이며 당황한 듯 말했다.

"과연. 이런 식이었군."

결과물을 확인하고 가볍게 고개를 주억였다.

Dungeon Hunter

준비는 끝났다.

남은 일은 움직이는 것뿐.

"나의 던전 마스터시여, 요정님께서 아직 나타나지 않으셨습니다."

"안다. 하지만 더는 지체할 수 없다."

크리슬리의 말을 매정하게 끊고 나는 뒤를 돌아봤다. 던전을 지킬 기본적인 병력을 제외한 모든 마수가 내 뒤로 집결해 있었다. 중급 마수 사천과 상급 마수가 대략 일백, 거기에 최상급 마수가 셋. 타쉬말도 과거의 힘을 상당히 회복해서 최상급의 반열에 충분히 들어갔다. 그녀까지 더한다면 최상급은 무려 넷이다.

이 정도 규모면 이기지 못할 마족이 없다. 던전 하나쯤 쓸어버리는 것은 식은 죽 먹기다. 내 전력의 80%에 달하는 3년간 알차게 모아온 나의 힘이었다. 특히 이번에 사들인 쿠르족의 전사들은 상당한 기대가 되었다.

인페르노에 타고 드워킹이 만든 무기를 착용하여 능히 상급의 마수와도 견줄 수 있게 된 무리다. 거기다가 일족답게 모이면 훨씬 강해진다.

"전쟁인가! 우리 쿠르족도 전쟁을 좋아한다!"

여전히 귓가를 울리는 목소리였지만 전쟁이다. 이 정도 소리는 내 줘야 기세를 탈 수 있었다.

"적은 대공 오쿨루스다. 시간을 지체하면 지체할수록 불리해진다. 속전속결. 빠르게 놈의 목을 치고 빠져나간다. 이번 기회를 놓치면 더욱 힘들어질 것이니 필사의 각오로 임하라. 반드시 오쿨루스만큼은 죽여야 한다. 또 하나의 선을 넘었으니 귀찮아지기 전에 싹을 뿌리 뽑아야 함이다."

정찰을 보낸 크라스라는 내게 놀라운 사실을 전했다. 과연 연결체 하나만 움직인 이유가 뭔가 했더니 여러모로 바빴다.

나만이 아니라 다른 던전도 동시에 공략한 것이다. 이후 다른 파벌의 두 마족이 오쿨루스의 던전 안으로 끌려갔다.

위험을 무릅쓰고 크라스라를 던전 안에 투입시켰다. 그리고 오쿨루스가 두 마족을 '포식'하는 걸 확인했다.

미친놈이 따로 없었다. 미친 건 진즉에 알았지만 형용할 수 없는 혐오감마저 들었다. 동족 포식이라니……!

금기시되는 일 하나를 또 깼다.

마족포식자.

오쿨루스의 새로운 칭호였다.

'영혼의 동화를 이루며 제대로 돌아버린 것 같군.'

본래 오쿨루스는 중도를 지키는 입장이었다. 특출하지 않고 모나지 않다. 한데 영혼의 동화를 이루며 극적인 성격으로 변모했다. 모든 휘하 마족의 정신과 혼이 영향을 강하게 끼치지 않고서야 불가능한 일이다.

'나와 같이 성장하는 유형이라면 매우 골치가 아파진다. 그리고 시간이 지나면 또 무슨 짓을 저지를지 모른다.'

나는 마족을 사냥하고 던전을 지배함으로써 잔여 능력치를 얻는다. 하나 오쿨루스는 마족을 잡아먹어서 무언가를 얻을 가능성이 높았다.

여기서 끝이라면 충분히 대적 가능하지만, 이다음으로 선보일 오쿨루스의 행동이 도통 짐작이 되질 않았다. 내가 감당할 수 있는 범위를 넘어서기 전에 부숴 버릴 필요가 있었다.

생각을 정리하고 앞으로 한 발자국 걸어 나갔다.

"따르라. 적을 멸할 것이다."

중국의 던전을 빠져나와 대규모 무리의 마수군단이 움직이기 시작했다.

오쿨루스의 던전은 남아메리카에 위치한 브라질에 있었고 바다를 통해 이동해야 했다. 일전에 구매한 아일랜드 터틀 한 마리로는 어림도 없는 물량.

하여 즉시 9마리를 추가로 구매하였다. 작은 섬이라 칭할 정도로 커다란 마수이니 오천에 달하는 숫자도 10마리면 충분히 나를 수 있었다.

"멈춰라! 경고한다! 더 이상 다가오면……."

문제는 대규모 마수가 움직이자 인간들이 반응했다는 것.

무장한 인간 수천과 전차 몇 기가 길목을 막았다. 각성자 수십도 섞여 있었다.

벌써 3년 차. 마수와는 교섭이 불가능하다는 걸 인간들은 아직도 모르는 것 같았다. 저런 식으로 경고하는 것보다 먼저 선수를 치든가 빼는 게 백배는 낫다. 도리어 큰 소리는 마수들만 자극할 뿐이다.

인간들의 얼굴에는 긴장감이 잔뜩 서려 있었다. 비켜설 의지는 없는 듯싶었다. 그들의 태도를 보아하니 머지않은 장소에 도시라도 있는 모양이었다.

'귀찮군.'

혀를 찼다.

가만히 놔두면 어련히 알아서 지나갈 일.

왜 굳이 나서서 긁어 부스럼을 만드는지.

저 열 배를 가져와도 지금 내가 다루는 마수의 군단을 어찌하지는 못한다. 무참히 짓밟히는 게 그들의 운명이었다. 막아설 시간에 대피를 했다면 건물 조금 부서지는 것으로 끝났겠지만.

여기서 들이는 시간조차 아깝다. 그리핀에게 쓸어버리라 명하려 할 그때 쿠르족의 우두머리가 움직였다.

"주인! 우리 쿠르족의 힘을 보여주고 싶다!"

"맡기마."

시원하게 승낙했다.

그리핀이 나서면 빠르게 정리가 되기는 할 것이다. 그러나 쿠르족의 전투 성향을 봐둬서 나쁠 것도 없었다. 내 허락이 떨어지자 쿠르족 전사들 모두가 인페르노에 올랐다.

"이- 랴!"

"학살이다!"

인페르노를 탄 100명의 쿠르족 전사들이 바닥을 박찼다. 인페르노는 그 크기만 3m에 이르는 대형 말이다. 거기에 쿠르족 전사들의 몸집도 제법 되었다. 평범한 인간이 보자면 고개를 하늘 높이 치켜들어야 겨우 전신을 확인할 수준이었다.

쿵! 콰릉!

전차가 탄환을 발했다. 쿠르족이 처음 겪는 무기. 이에 쿠르족 전사 한 명이 낙마했다. 바닥에 머리를 처박고 그대로 엎어져 버렸다.

하지만 이내 일어나 흙을 털어냈다.

“정통으로 맞으면 좀 아프겠다!”

우스갯소리인지 진심으로 하는 말인지 너털웃음을 터뜨리며 쿠르족 전사가 다시 인페르노에 올랐다. 그리고 이어진 행동은 놀랍기 그지없었다.

인페르노와 하나가 된 듯 유려하고 빠른 움직임으로 인간들의 사이에 들어섰다. 애당초 일반 총알 따위는 통하지도 않는 강인한 피부를 가지고 있는지라 초근접전에선 무적과 다를 바 없었다.

심지어 인페르노가 뿜어대는 불길도 인간에겐 치명적이었다. 지옥불이라 불리는 그것은 인간의 전신이 가루가 될 때까지 소화되지 않았다.

“무기가 아주 좋다!”

과연 드워킹이 손수 제작한 무기답다. 근원의 뿌리로 만들어진 무기는 대개가 유니크 등급이었고 하나같이 날카로웠다. 쿠르족의 괴력이 더해지자 탱크를 통째로 잘라 버리는 건 일도 아니었다.

인간의 무리를 전멸시키는 데 20분이면 족했다. 도리어 오래 걸린 감이 있지만 그것은 쿠르족의 잔인성 때문이다. 죽은 시체마저 몇 번이고 토막 내서 확인하는 습성 탓에 시간이 배로 걸린 것이다.

"주인! 학살은 재밌다!"

"그래 보이는군."

고개를 끄덕였다. 쿠르족의 피해는 없었다. 몇몇이 경상을 입은 걸 제외하면 전력은 그대로 보존되었다.

'이것이 전부가 아니다. 쿠르족의 진정한 강함은 강한 적 하나를 상대할 때 나타난다.'

자잘한 것보다 확실한 하나를 상대하는 데 특화된 종족.

그것이 쿠르족이었다.

그와 관련된 스킬 또한 있을 정도다.

회합(U).

하나의 적을 두고 보다 많은 쿠르족이 대치할수록 힘과 체력이 오르는 스킬!

"우리 쿠르족의 전사는 강하다!"

커다란 검을 번쩍 들고 쿠르족이 시끄럽게 떠들었다. 과시하는 태도. 이곳에 모인 마수 중 자신들이 가장 낫다는 걸 증명해 보이겠다는 듯이 도발적이다.

"……."

크리슬리는 엮여 봤자 피곤해지기만 할 거라는 걸 깨닫고 무시했다. 반면 굳건한 신념 투구를 착용한 타쉬말은 따끔하게 한마디를 내뱉었다.

"흠, 품위라고는 찾아볼 수가 없구나."

말투에 가시가 돋쳤다. 던전을 나온 직후부터 그녀는 조금 안절부절못했는데, 안에 두고 온 아기 천사들이 여간 걱정이 되는 것 같았다.

세 쌍의 검은 날개를 활짝 펼친 타쉬말은 위압감이 넘쳤다. 능력치도 상당히 회복을 한 터라 최상급 마수와 일전을 벌여도 꿀릴 게 없었다.

나는 심안을 열어서 오랜만에 타쉬말의 성장 상태를 확인했다.

이름 : 타쉬말

직업 : 타락천사

칭호 :

*어둠에 물든 빛의 천사(Epic, 지능마력+6)

*굳건한 신념(R, 체력+3)

능력치 :

힘 77

지능 88(+6)

민첩 83

체력 79(+5)

마력 86(+8)

잠재력 (413+19/471)

특이사항 : 세상에 빛을 전파하는 사품의 천사였으나 지금은 타락했습니다. 날개를 잃은 여파로 낮아진 능력치가 빠르게 회복되고 있습니다.

스킬 : 어둠의 전파(Epic), 수없이 쇄도하는 어둠의 창(Epic), 어둠의 우레(Epic)

[전후 비교]

힘 68 지 93 민 78 체 69 마 90 잠재력 (386+12/471)

힘 77 지 94 민 83 체 84 마 94 잠재력 (413+19/471)

굳건한 신념 투구. 체력 5와 마력 2를 더하면 투구 하나로 오른 능력치가 무려 7이다. 능력치 총합 자체도 430을 넘겨서 이미 기간테스나 그리핀을 앞섰다. 이 수준이면 거의 최상급 2Lv에 가까운 강함이었다.

쿠르족 전사 일백과 그녀가 싸운다면 어떠한 결과가 도출될지 자못 궁금하긴 하였으나 지금은 그런 일을 벌일 때가 아니었다.

“더는 지체할 시간이 없다. 바로 움직인다.”

걸어 나갔다.

오쿨루스가 눈치를 채기 전에 비수를 꼽아야 했다.

아일랜드 터틀로 이동하는 것 자체는 간단했다.

바다 깊숙한 곳에서 움직이고 자체적으로 실드 스킬도 가지고 있었다. 덕분에 별다른 방해 없이 남아메리카까지 도달할 수 있었다. 물론 한 다리를 더 건너야 한다. 나는 페루를 통해서 들어가기로 결정했다.

'죄다 파괴되었군.'

군사력이 강한 나라는 아닌지라 여유 있게 통과할 수 있으리라 생각하긴 했지만 이건 심하다. 저항은커녕 개미 새끼 한 마리도 보이지 않았다.

도시란 도시는 전부 괴멸 상태였다. 시체 타는 냄새, 썩는 냄새가 즐비하는 곳. 페루에는 던전이 없는데 이런 꼴이 난 걸 보면 오쿨루스밖에 짐작되는 이유가 없었다.

"나의 던전 마스터시여, 냄새가 지독합니다."

크리슬리가 코를 쥐었다. 타는 냄새보다 썩는 냄새가 더 심했다. 감각이 뛰어난 그녀로선 참기 힘든 게 당연했다.

한참을 나아가다가 입을 열었다.

"인간이 하나도 안 보이는군."

"오쿨루스가 손을 쓴 것일까요?"

"너도 그리 생각하나?"

"서두른 기색이 주변에 역력합니다. 조금이라도 포인트를 모을 생각이 아니었을지요?"

참상이 일어난 지 오래되어 보이진 않았다. 기껏해야 일이 개월. 마계 옥션에 들어가기 전에 사달을 벌인 건 분명했다.

하나 정말 포인트 때문일까?

"아니, 포인트를 위해서가 아니다."

내가 말하자 크리슬리는 의아한 듯 고개를 갸웃했다.

"그럼……?"

"시체들을 보아라."

널린 게 시체였다. 벌레에 파 먹히고, 썩고, 불에 타서 훼손이 심했지만 어쨌든 시체는 많았다.

"아……! 하나같이 머리가 없군요."

깨달음 자체는 어렵지 않았다. 냄새가 워낙 심해서 눈을 돌리고 있던 탓에 못 알아차리고 있었을 따름이었다.

"제물이로군."

타쉬말이 심각한 표정을 짓고서 말했다.

그에 나도 동의했다.

"맞다, 타쉬말. 바로 무언가를 소환하기 위한 제물이지."

얼마나 많은 제물을 투입한 건지 상상도 안 된다. 당장 본 것만 해도 십수 만이었다. 규모가 다르다는 걸 깨우친 크리슬리가 몸을 부르르 떨었다.

"그는 대공이 아닙니까? 그만한 위치의 존재가 제물을 바쳐서 누군가를 소환하는 건……."

막 나가자는 거다. 자존심도 자신의 위치도 망각한 채 움직이는 것이다. 대공은 강해야 한다. 이 강하다는 기준은 그저 무력만을 말하는 게 아니다. 한데 제물을 '바치는' 행위는 자신이 몇 수나 접고 들어갈 수밖에 없었다.

무엇보다 제물만 있다고 누군가가 소환되진 않는다. 관련된 방대한 지식이 있어야 겨우 가능한 게 소환이었다.

"지금 오쿨루스의 정신 상태는 정상이 아니다. 무슨 짓을 저질러도 이상하지 않아."

"정말…… 제정신이 아닙니다."

크리슬리는 진절머리를 쳤다.

영혼 동화.

동족 포식.

거기에 소환이라.

규모로 보건대 어중간한 녀석은 아닐 것이고.

'쉽지 않겠군.'

역시 가만히 둬선 안 된다.

대공이란 존재의 품격을 혼자서 다 갉아먹고 있었다.

나는 그를 바라지 않는다. 그만한 위치에 앉은 이 다운 자세로 내 상대가 되어주길 바란다. 적어도 오쿨루스의 지금 모습은 내 바람과 거리가 멀었다.

포식자와 사냥꾼의 싸움.

주먹을 쥐었다.

어렵겠지만 그렇다고 질 생각은 터럭만큼도 없었다.

너른 평야. 수십만에 이르는 인간의 머리통이 꼬챙이에

꿰여 있었다. 잔학의 결정체다. 그 모습을 바라보는 오쿨루스는 입가엔 미소가 서려 있었다. 곧 평야 전체에 수놓인 마법진이 발동했고 산과 같이 거대한 한 그림자가 모습을 드러냈다.

"누가 '허무'에 있던 나를 소환했느냐?"

허무.

누구도 알지 못하고, 누구도 설명하지 못하는 장소.

그곳에서 허무의 그림자가 소환되었다.

"반갑다. 내가 너를 소환한 자다."

오쿨루스가 그림자를 바라보며 말했다. 그러자 허무의 그림자가 시선을 돌렸다.

"저 머리들은 전부 내 먹이인가?"

"그렇다. 마음껏 섭취하도록!"

"마음에 들지 않지만 양이 많아서 넘어가 주겠다."

쿠우웅!

그림자에 불과하나 결코 평범하진 않았다. 그림자가 움직이자 주변 땅이 들썩였다. 이어 그림자가 늘어나더니 평야 전체를 집어삼켰다.

찰나의 순간.

그 많던 머리 전부가 순식간에 증발해 버렸다.

"크흐흐흐!"

오쿨루스의 미소가 더욱 짙어졌다. 제물을 받았으니 의식은 완성된 것과 같았다. 허무와 그곳의 존재에 관해 아는 이는 손에 꼽혔다. 오쿨루스는 그중 하나였고 그들의 무서움을 알고 있었다.

이제 승리는 자신의 것이었다.

Chapter 38

허무의 그림자, 콘테고놈

페루가 그런 상태였는데 던전의 지근거리에 있는 브라질이라고 무사할 순 없었다. 도리어 페루보다 끔찍한 몰골로 나를 맞이하였다.

"던전 마스터시여, 저 크라스라가 마중 나왔습니다."

정해진 구역으로 다가가자 크라스라와 몇몇 다크 엘프가 모습을 드러냈다. 오쿨루스의 던전을 감시하던 중이었는지 온몸에 흙이나 지푸라기 따위가 묻어 있었다.

"눈에 띄는 움직임은 없었겠지?"

내가 묻자 크라스라는 잠시 머뭇거렸다.

"그게…… 일순간이지만 거대한 마력의 파동이 던전 안에 형성되었습니다. 순식간에 사라져서 잠시 착각인가 싶었습니다만 확실합니다. 그와 동시에 마수들의 움직임도 왜인지 잔뜩 위축되었습니다."

던전 내 마수에게까지 영향이 갔다면 확실히 예삿일은 아니었다.

눈썹이 휘었다.

'소환에 성공했군.'

무엇을 소환했는지 전혀 감이 잡히지 않았다. 그리고 알지 못한다는 건 은연중에 두려움으로 다가오게 마련이었다. 나는 전생의 정보를 바탕으로 여태껏 움직였기에 완전히 새로운 일에 관해선 무지할 수밖에 없었다.

"고생했다."

그래도 칭찬을 아끼진 않았다. 크라스라와 다크 엘프들이 지난 보름간 잠 못 이루며 고생을 한 건 사실이기 때문이다.

"감사합니다!"

깊숙이 고개를 숙이는 이들을 무시하며 나는 분노와 황제의 검을 빼 들었다. 던전은 이제 지척이었고 눈치채기 전에 몰아쳐야만 했다. 오쿨루스가 위험을 느끼고 휘하 마족들이 움직이기 시작하면 일이 더욱 복잡하게 돌아갈 가능성이 높았다.

적을 멸하겠다는 구구절절한 이야기는 이미 숱하게 했다. 목표와 목적에 관해서도 털어놓은 뒤였다. 더 이상 무엇을 말해야 할까.

크리슬리, 크라스라, 타쉬말…… 모든 마수는 준비를 끝마친 상태였다.

그래, 말은 필요 없다.

남은 것은 돌진뿐!

"가자."

던전을 향해 달렸다.

지면을 뚫고 나오는 거대한 개미들. '워 엔트'라 불리는 최하급의 마수다. 개체 자체는 별 볼 일 없지만 수백에서 수천의 숫자가 모여 다니는 탓에 보다 강한 적도 사냥을 하곤 했다.

하지만 보통의 최하급 마수라면 내 군단을 보고 느낀 즉시 덤벼들 생각을 하지 못해야 정상이었다. 도리어 빠르게 몸을 빼는 행동을 보여야 했다.

따로 누군가가 명령을 내릴 시간조차 없었을 터. 격의 차이가 너무나도 큰데 이처럼 겁 없이 달려들었다는 건 정상적인 행동과는 거리가 멀었다.

"그리핀."

키이익!

일전 무한의 살덩이와의 전투에서 큰 부상을 입었지만 회복한 뒤 더욱 기세가 등등해진 그리핀이 날개를 활짝 폈다. 곧이어 입에 마력 입자가 모이며 '불과 번개(Epic)' 스킬이 지상을 때렸다.

콰르르릉!

혼비백산.

워 엔트 무리가 그리핀의 스킬에 닿는 즉시 녹아난다.

숫자만 많은 최하급 마수는 한 방이면 족하다. 상대가 물량으로 승부를 보거든 역시 그리핀만 한 게 없었다. 형체마저 남기지 못한 채 박살 났다. 살아남은 워 엔트는 극소수였고 쿠르족이 달려 나가 사냥했다.

걸린 시간? 5분이 안 된다.

속전속결로 끝낼 작정이었다. 적을 전멸시키고 바로 움직였다. 크라스라가 올라가는 길을 미리 파악해 둔 덕에 층을 오르는 일도 간단했다. 하지만 5층까진 워 엔트밖에 보이지 않았다.

'개미굴.'

오쿨루스의 던전은 개미굴이었다. 보이는 마수라곤 개미가 전부였다.

6층.

처음으로 변화가 생겼다. 알 저장고. 수천, 수만의 개미알이 잠든 장소. 가디언 엔트가 그 옆을 지키고 있었다.

하급 3Lv의 마수로 일반적인 워 엔트보다 컸으며 부리가 훨씬 날카로웠다. 속도와 힘도 무시할 수 없다.

"다 태워 버려라."

그래 봤자 하급 마수다. 문제라면 알 저장고가 한 개가 아니라는 점이었다. 척 보기에도 수십 개는 존재했는데, 그리핀이 모두 처리하려면 시간이 너무 오래 걸린다. '불과 번개'가 광역기 스킬이라도 한 번에 쓸어버리자니 던전이 생각보다 넓었다.

하여, 나는 파이어 골렘 셋을 배치했다. 알 저장고를 깡그리 태워 버리고 만에 하나의 사태에서 뒤를 지켜줄 터였다. 아무리 가디언 엔트의 부리가 날카로워도 파이어 골렘을 공격하진 못한다. 말하자면 극상성이라는 것이다.

쿵! 쿠웅!

내 명령을 받은 파이어 골렘이 움직이기 시작했다. 육중한 몸을 움직일 때마다 지면이 들썩였다.

화아악!

파이어 골렘의 손이 스치는 곳마다 불길이 치솟았다. 알 저장고의 알들이 그 화력을 버티지 못하고 새까맣게 타버렸다. 가디언 엔트가 그를 막고자 덤벼들었지만 파이어 골렘의 다리를 깨문 부리가 녹았다. 공격 자체가 불가능했다.

쉽다. 거리낄 것이 없었다. 고작 이런 수준이라면 최상층까지 닿는 건 일도 아닐 것 같았다.

층을 오르는 와중, 슬슬 의아함이 들었다.

'알아차릴 때가 되었을 터인데?'

오천이 넘는 숫자가 들어왔다. 던전의 요정이라면 알아차리고 주인에게 알려도 이상하지 않을 시간. 그런데 마땅한 움직임이 없었다.

올 테면 와 보라는 건가? 아니면 오르지 못할 거라는 자신감인가.

그것도 아니라면 진정 모른단 말인가.

나는 오쿨루스가 아닌 고로 진실을 알 수는 없지만 어느 것이든 나로선 나쁠 게 없었다.

11층.

중급 마수가 출현했다.

'기간틱 엔트'라 이름 붙어진 중급 3Lv의 마수.

온몸에 특수하고 단단한 성분의, 언뜻 보기에는 철갑처럼 보이는 것을 착용한 제법 까다로운 녀석이다. 게다가 마치 인간들이 사용하는 총처럼 입에서 화학 성분을 빠르게 뱉어냈다.

꽝! 꽝!

소리 또한 요란하다. 수백의 기간틱 엔트가 공격을 감행하자 선불리 나아가기가 어려웠다. 상급의 골렘들을 방어벽 삼아서 한 발, 한 발 전진했다.

기간틱 엔트가 뿜어대는 화학 성분은 생명체에게 치명적이다. 닿는 순간 폭발하며 상처를 입히고 그 상처에 침투해서 모든 신경계를 망가뜨린다.

'화염내성'에 가까운 방어력을 자랑해서 그리핀이 나서기도 애매했다. 그야 스킬을 퍼부으면 죽기는 할 테지만 효율이 별로다. 여기서 그리핀을 방전시키는 건 그다지 좋은 선택지라 할 수 없었다.

"나가 퀸."

쉬이익-

뱀의 꼬리와 아름다운 여인의 상반신을 가진 내가 지닌 마수 중에서도 아주 강한 축에 드는 상급 5Lv의 강자.

나가 퀸을 비롯한 나가들이 바닥과 벽을 타고 빠르게 다가갔다. 날카로운 이빨과 그곳에 묻은 강력한 독은 기간틱 엔트가 갑옷처럼 입고 있는 화학 성분을 녹여 버릴 수 있었다.

하아아!

기간틱 엔트의 전방에 선 나가 퀸이 보라색의 입김을 크게 내뱉었다. 입김이 번지자 안개가 되었다.

바로 '독성살포(Ex U)'다.

보라색 안개에 닿은 기간틱 엔트는 흐물거리다가 녹아내렸다. 단단한 갑옷, 강력한 무기를 지녔지만 나가의 독 앞에선 무용지물이었다. 이 역시 극상성이라 하겠다.

'이제 여왕개미만 잡으면 되겠군.'

워 엔트, 가디언 엔트, 거기다가 기간틱 엔트까지 나왔다.

이 이상의 존재라면 퀸 엔트밖에 없었다.

말인즉, 개미굴의 종착점이 다가오고 있다는 의미였다. 이때쯤 되니 과연 언제쯤 오쿨루스가 움직일지 기대가 되는 부분이었다.

퀸 엔트!

골렘과 비슷한 크기의 초거대 개미가 비명을 내질렀다.

키이이!

귀에 거슬리는 소리가 울려 퍼졌다. 퀸 엔트의 상태는 처참하기 그지없었다. 다리가 모두 토막 나고 온몸이 갈가리 찢기는 등의 치료 불가한 상처를 가득 입었다.

크롸앙!

그리고 퀸 엔트의 몸통 위에서 백치호가 울부짖었다.

승리의 포효.

이어 퀸 엔트의 목을 물어뜯는 것으로 전투의 종료를 알렸다. 샤벨 타이거 수십이 죽기는 했지만 이 정도면 대승이다.

'퀸 엔트가 죽도록 방치했다. 포인트가 썩어나지 않는 한 움직이지 않고는 못 배길 것이다.'

오쿨루스가 이동한 흔적은 없었다. 이동 마법진이 새겨졌다면 내가 그 사실을 알지 못할 리도 없었다. 마법진이 새겨진 직후 생기는 거대한 마력의 파장은 평범한 인간도 느낄 정도로 강렬하니까. 필시 소란이 되었을 것인데 그런 징조가 전혀 없었다.

설혹 오쿨루스가 없더라도 요정이 나서서 나를 배척해야 함이었다. 대항할 숫자의 마수를 배치하는 식으로 말이다.

'피해는 적다. 기껏해야 중급 마수 이백. 놈의 목을 딴 뒤 빠져나가기에는 더없이 충분하다.'

고개를 돌려 크리슬리를 바라봤다.

"다른 다크 엘프에게서 연락은 없나?"

"없습니다, 나의 던전 마스터시여."

"휘하 마족들도 움직이지 않고 있다는 것이로군."

그저 오쿨루스만 감시하고 있었던 게 아니다. 그의 휘하 마족이 기거하는 던전에도 다크 엘프를 보내놨다. 이상이 생기거든 알릴 수 있도록 수정구도 지참해 주었다.

연락이 없다는 건 움직임이 없다는 뜻. 고로, 오쿨루스 하나만 신경을 쓰면 되는 것이다.

"그럼."

'움직이지'라고 말하려는 찰나.

휘이익!

거친 바람이 불었다.

키이이!

죽어가던 퀸 엔트가 대관절 단말마를 내뱉었다. 그리고 퀸 엔트의 시체가 눈 깜빡할 사이 사라졌다. 아무런 기색도 없었다. 그저 바람이 불어온 게 전부이거늘.

"이 기운은……!"

타쉬말이 날개를 활짝 펼쳤다. '수없이 쇄도하는 어둠의 창(Epic)'이 발동되며 수백 개의 창날이 그녀의 앞에 생겨났다. 그것을 던전 곳곳에 날렸다.

쾅! 콰르릉! 콰앙!

폭발이 일어났고 주변이 밝혀지며 그제야 나는 그것을 볼 수 있었다.

'그림자.'

그림자. 그것도 무척이나 커다란 그림자가 던전의 외벽에 자리하고 있었다. 그에 타쉬말이 경악하며 외쳤다.

"허무!"

허무?

무엇이기에 타쉬말이 저처럼 놀라는지 알 도리가 없었다. 게다가 그녀는 잔뜩 긴장한 채 그림자를 경계하는 중이었다.

"나와선 안 될 존재가 나왔구나! 돌아가라! 네가 있어야 할 곳은 이곳이 아니다!"

—돌아가라? 나는 본래 이곳과 다르지 않은 곳의 원주민이었다.

살짝 짜증이 난 듯한 중저음의 목소리. 그러나 타쉬말의 태도는 강경했다.

"'허무'에 들어갔다면 더는 원주민이라 할 수 없다! 신을 먹고, 신이 되지 못한 배은망덕한 자야!"

이야기를 따라가기 어려웠다. 애당초 허무가 무엇이란 말인가. 모를 땐 아예 기색이 없었으나 알아차리자 압도적인 존재감을 흩뿌리는 저 그림자도 처음 보는 것이었다.

이런 느낌은 실로 오랜만이다. 마계에서 대공들을 처음 마주했을 때나 느껴본 감각이 전신을 지배했다.

쉽지 않은 상대. 강자라는 것.

—신이 되지 못했다고? 천만의 소리. 나는 나 홀로 존재하는 진정한 신일지니. 타락한 천사 주제에 시건방진 소리를 하는구나.

"그렇다면 전생의 기억도 모두 온전할 터. 너는 누구의 신이냐? 내 비록 타락했지만 가짜 신이 진짜 신을 사칭하는 건 참을 수 없다!"

휘이이잉!

바람이 더욱 거세졌다. 타쉬말도 어둠의 창을 수없이 띄웠다.

—나는…… 콘테고놈! 내가 진정한 신이다! 가짜는 바로 네년이다! 이 빌어먹을 타락한 천사여!

그러자 타쉬말이 고소를 지었다.

"흥, 보아하니 이름 외엔 아무것도 기억하지 못하는 모양이군. 허무로 들어서며 모두 잃어버린 것일 테지!"

스팟!

자신을 콘테고놈이라 칭한 그림자가 움직였다.

콰릉!

타쉬말이 응전했다. 어둠의 우레를 퍼부으며 수없이 창을 날렸다. 하나 그림자는 빠르다. 맞추는 게 쉽지 않았다. 반면 그림자가 스칠 때마다 타쉬말의 몸에서 살점이 떨어져 나갔다.

'콘테고놈.'

나는 잠시 그 이름을 곱씹었다.

어디선가 들어본 이름. 곧 기억을 해냈고 작게 놀랄 수밖에 없었다.

'설인의 왕 콘테고놈!'

감히 설인 중에서도 왕이라 칭할 수 있는 유일한 그 이름.

마계 옥션에서 팔던 저주받은 설인의 선조이며 업적 상점에서도 그의 투구를 팔던 걸 본 적이 있었다.

그 이름을 여기서 마주할 줄이야.

저 거대한 그림자의 형태도 잘 보면 설인과 비슷하다. 진즉에 죽어 사라졌어야 할 놈이 이곳에 있다. 그것도 그림자의 상태로.

'확실한 건.'

놈을 없애야 전진할 수 있다는 것.

"마고."

후우웅.

이번 마계 옥션에서 구매한 최상급 2Lv의 최강자.

외눈박이의 마고가 한 발 앞으로 나왔다. 마고는 천천히 그림자를 주시했다. 현인의 눈이라 칭송받는 그 아름다운 눈이 그림자의 실태를 꿰뚫어 보고 있는 것 같았다.

'다행히 정상적인 상태로군.'

어둠의 정령들이 계약을 제대로 못한 탓에 마고는 간혹 발작을 일으켰다. 최상급 마수를 잡아내는 노하우가 없어서 생긴 일이라고는 하지만 그럴 때마다 직접 나서서 상대를 해줘야 했다. 일주일에 한 차례 정도 지칠 때까지 어울려 주면 얌전해졌던 것이다.

그런데 오늘은 평소보다 침착하다. 외눈을 움직여 콘테고놈의 그림자를 하나도 빠짐없이 읽고 있었다.

휘이잉!

이어서 마고의 옆에 돌풍이 생겨났다. 그리고 모습을 감췄다. 바람에 섞여 돌아다는 게 마고의 습성이다. 그 고유 스킬과 상태창을 떠올리고 만족스럽게 웃어 보였다.

이름 : 마고

능력치 :

힘 89

지능 93

민첩 92

체력 68

마력 93

잠재력 (435/446)

특이사항 : 종속의 계약이 불안정합니다.

스킬 : 오롯한 태풍(Epic), 현인의 눈(Epic), 바람 밟기(Epic)

최상급 2레벨의 마수다운 경악스러운 능력치였다. 체력이 낮은 게 흠이긴 하지만 지금 상황에서 그런 건 전혀 문제가 되지 않았다.

마고가 다시 나타난 곳은 콘테고놈의 배후였다. 외눈이 파랗게 빛나는 와중 콘테고놈의 그림자 정중앙에 손을 찔러 넣었다.

푸욱!

—크아아아!

타쉬말을 압박하던 콘테고놈이 비명을 내질렀다. 처음으로 유효한 공격에 성공한 것이다. 마고는 콘테고놈의 진체를 파악할 수 있는 스킬 '현인의 눈(Epic)'을 가지고 있었다. 내가 잡지 못한 걸 잡아낸 걸 보면 어째서 마고의 씨가 말랐는지 알 것 같았다.

마고의 눈은 그만한 가치가 있었다.

콘테고놈으로선 불의의 일격이라 아니할 수 없었다.

거기서 끝이 아니었다. 마고가 콘테고놈의 그림자를 강하게 잡아당겼다. 그러자 그림자 속에 숨어 있던 진체가 모습을 드러냈다.

—이놈들이……!

그림자에서 나타난 것은 형용할 수 없으리만큼 끔찍한 형체를 가지고 있었다.

그야말로 살덩이. 눈은 녹았고, 코는 주저앉았으며, 정상적인 형태를 유지하고 있는 것이라곤 입밖에 없다.

6, 7m는 족히 되어 보이는 크기에다가 이족 보행을 하고 있지만 저것을 과연 정상적인 생명체라 부를 수 있을 것인가.

'모든 형체를 잃었다고 했나.'

과연. 기억을 잃고 본연의 모습마저 잊었다면 저런 식의 모습을 할 것 같긴 했다. 고름 같은 게 피부를 타고 뚝뚝 떨어져 내렸으며 지독한 악취를 풍겼다. 쉴 새 없이 몸 이곳저곳에서 기포가 터졌다. 당장 무너져도 이상하지 않을 정도로 '엉망'이다.

급히 콘테고놈이 그림자를 입었다. 흉측한 겉모습이 감춰지고 어둠에 잠겼다. 그러나 아까와 다른 점은 분명하게 형체를 이루고 있다는 것이었다.

"기간테스."

이를 확인하고자 기간테스를 불러 세웠다.

"적! 이긴다!"

쿵! 쿵!

기세등등하게 기간테스가 움직였다. 드워킹이 직접 만든 거대한 몽둥이를 붕붕 휘둘러 댔다. 안 그래도 무기를 사용하고 싶어서 안달이 났던 기간테스다. 여태껏 나설 기회가 없었는데 마침내 생기자 흥분한 듯 거친 콧김을 내뿜었다.

'순간 가속'이 붙어 있는 익셉셔널 유니크 등급의 무기이니 동작이 커서 생기는 단점을 상당 부분 보완할 수 있었다. 그것을 기간테스도 알고 있었고 빨리 확인해 보고 싶은 심정도 당연했다.

콰앙!

몽둥이를 내려치며 가속했다. 기간테스는 무지막지한 괴력의 소유자다. 그냥 쳐도 바닥에 울림이 일어나건만 가속까지 했다면 그 결과는 참담할 수밖에 없었다.

하지만 예상과 달리 충격은 크지 않은 듯싶었다. 그림자를 두른 콘테고놈은 꿈쩍도 하지 않았다. 가히 그림자 갑옷이라 칭해도 부족함이 없었다.

—다 죽여 버리겠다!

이윽고 콘테고놈이 그림자를 활짝 펼쳤다. 그림자 내에 숨어 있던 본체가 찰나의 시간 모습을 드러냈지만 그뿐이다. 본체는 다시 숨었고, 도리어 그림자가 기간테스를 집어삼켰다.

"컥! 막힌다! 숨! 놔랏!"

전신을 옭아맨 그림자는 도통 떨어지지 않았다. 그림자는 천천히 기간테스를 잠식해 갔다. 그림자에 맞닿은 기간테스의 전신이 어둠에 물들어 가고 있었다.

"어서 빠져나와라! '허무'에 물든다!"

쿠르릉!

타쉬말이 어둠의 우레를 내리꽂았지만, 상성이 좋지 않았다. 같은 어둠 속성의 마력이니 효과가 반감됐고 그림자 자체의 방어력도 뛰어났다. 마고도 분발하고는 있었지만 콘테고놈의 본체를 상대하는 것도 버거워 보였다.

그리고 나는…….

"관 자리를 찾으러 왔나? 랜달프 브뤼시엘."

천천히 마수들을 대동하며 내려오는 오쿨루스를 맞이해야 했다. 버그 베어, 마계 옥션에서 구매한 데스 나이트 30기, 다크 워리어 등등 상급의 마수가 거의 일백에 달한다.

잔뜩 뿔이 난 상급 4Lv의 엔트 킹, 거기다 다수의 기간틱 엔트까지 더하면 쉽지 않은 싸움이 될 것 같았다. 물론 놈의 재수 없어 보이는 상판은 여전하였다.

"오쿨루스, 네놈. 무엇을 소환한 거지?"

"신이 되지 못한 자들이 갇히는 감옥, 허무에서 그를 불러왔지."

여전히 허무라는 단어가 튀어나왔다. 대관절 그곳이 어디란 말인가. 눈살을 찌푸리자 오쿨루스의 미소가 더욱 짙어졌다.

"그나저나 내 던전의 위치는 어떻게 알아낸 것이냐?"

"알 것 없다."

"하긴, 굳이 물을 필요는 없겠지. 너 역시 허무에 물들면 고분고분 내 말을 따르게 될 테니."

그의 눈이 기간테스에게 향했다. 조금씩 그림자에 물들어 가던 기간테스가 머지않아 반항을 멈췄다. 전신을 새까맣게 물들인 그림자가 기간테스의 정수리에 흘러들어 가자 기간테스의 눈빛이 변했다.

적대적인 눈동자는 여전했으나 그 대상이 뒤바뀌었다. 나와 내 휘하 마수들을 바라보며 대뜸 돌진하기 시작한 것이다.

"물든다는 게 저런 거였나?"

"크흐흐흐. 맞다. 허무에 물들면 그 존재는 그림자에 종속되지. 랜달프 브뤼시엘, 네가 그토록 자랑하던 최상급 마수들이 모두 물들기까지 얼마의 시간이 필요할까? 내가 보기엔 한 시간도 채 안 걸릴 것 같은데 말이다."

"그럼 그 전에 네놈을 죽여야겠군."

"말처럼 쉬울까? 네가 선을 넘어서 사냥꾼의 칭호를 얻었듯이 나도 포식자가 되었다. 사냥꾼과 포식자의 대결이라! 상상만으로도 떨리는군. 전처럼 호락호락 당하지는 않을 거다."

금기를 깼다는 걸 자랑스럽게 말한다. 답이 없는 놈이었다. 미칠 것이면 곱게 미칠 것이지 대공이 저 무슨 추태란 말인가. 더 해괴한 꼴을 보이기 전에 조속히 죽여야겠다.

분노와 황제의 검을 꽉 쥐었다. 달빛은 충분히 충전해 뒀다. 하이엔달의 스킬 '달빛 낙하'도 거의 내 것으로 만들어 두었다. 하이엔달 본연의 그것과 비교하지는 못하겠지만 충분하다.

"나의 던전 마스터시여, 명령을."

마수를 대표해 크리슬리가 앞장섰다. 그녀는 주먹만 한 붉은색 보석을 손에 쥐고 있었다.

후우웅.

후우우웅.

보석에서 거대한 울림이 지속적으로 튀어나오고 있었다.

알 수 없는 상자에서 나온 물건이며 현재 크리슬리에게 귀속되어 있는 그것!

"봉인을 풀어라."

"명을 따릅니다."

꿀꺽!

지체 없이 크리슬리가 붉은색의 보석을 삼켰다.

스으윽.

스으으윽!

죽음 지팡이를 들어 올리자 수백에 달하는 쉐이드가 생성되었다.

해골 병사들이 바닥을 뚫고 튀어나왔으며 죽음 지팡이는 이내 커다란 까마귀가 되었다.

'죽음의 왕, 가낙의 정수.'

알 수 없는 상자에서 튀어나온 아이템의 이름이다. 아무래도 크리슬리가 죽음 지팡이를 소유하고 있고 네크로맨서의 기질이 강하여 그와 연관된 아이템이 나온 것 같았다.

죽음의 왕 가낙. 네크로맨서의 정점이라 불린 이. 그의 힘이 고스란히 담긴 정수를 삼키면 한시적으로 그의 힘을 가질 수 있었다.
"크리슬리, 기간테스를 막고 적의 씨를 말리도록."
"예."
"크라스라, 마수부대의 활용은 너에게 맡기겠다."
"맡겨주십시오."
"나는…… 놈의 목을 따러 가겠다."
역할 분담은 끝났다.
고개를 돌려 오쿨루스를 바라봤다. 오쿨루스는 이미 자연화 상태를 끝마친 상태였고 얼굴 전체에 여유로움이 서려 있었다.
전과 전혀 다른 태도.
자신감. 오만함. 그런 감정이 저변에 깔려 있었다.
"끝을 보자, 오쿨루스."
"바라던 바다, 랜달프 브뤼시엘!"
쿠르르릉.
마수의 군단이 서로 부딪쳤다. 그 선봉에서 나는 오쿨루스를 향해 검을 휘둘렀다.

달빛 낙하!
충전한 달빛을 소모하여 검에 달빛이 서리게 만드는 스킬.
검이 지닌 파괴력 자체를 늘려주며 적을 혼란시킨다.
다크 소드 스킬과는 찰떡궁합이었다.

“한층 더 강해졌구나! 흐하하하!”

“시끄럽군.”

오쿨루스는 여전히 여유를 가지고 있었다. 지금쯤이면 휘하 마족들도 던전을 빠져나와 이곳으로 향하고 있을 터. 시간만 끌면 된다고 생각한 것일까?

아니, 저것은 그런 게 아니라 진짜로 나를 이길 수 있다고 판단하여 생기는 여유였다. 잘린 오른팔에선 나뭇가지가 돋아나 그 역할을 대신하고 있었다.

바닥을 뚫고 튀어나오는 무수한 가지들. 그리고 그 가지 하나하나가 오쿨루스와 비슷한 형태를 취한다. 분신술과 다르지 않은 셈. 그렇게 생겨난 분신이 둘이었다. 그 둘은 오쿨루스와 비교해도 전혀 부족함이 없는 파괴력을 선사하고 있었다.

“보아라! 내가 포식한 마족은 저처럼 나와 똑같은 생김새의 분신이 된다! 랜달프 브뤼시엘, 너 또한 저 대열에 합류할 수 있음을 영광으로 여겨라!”

3 대 1.

하나라면 쉽다.

둘은 비슷하다.

하지만 셋은 조금 벅차다. 심지어 저 두 분신은 오쿨루스의 스킬도 똑같이 사용했다. 그나마 다른 점이라면 무한히 재생하진 못한다는 것.

다크 소드에 당한 상처는 재생되지 못하는 게 당연하지만 자연화한 오쿨루스는 다른 부위를 늘려서 대체하는 게 가능했다. 분신은 그것을 못한다.

요컨대 분신부터 처리하는 것이 승리의 가능성을 조금이라도 늘릴 수 있는 방법이라는 것이다.

"뇌신!"

비록 분신은 아니지만 나도 강력한 원군은 있었다.

크롸아앙!

보주의 근처에서 현현하여 공격을 막아주던 뇌신이 내 부름과 함께 몸집을 부풀렸다. 이내 거대한 번개의 용이 된 뇌신이 오쿨루스의 본체를 노리고 달려들었다.

그사이, 나는 분신들을 상대했다.

촤앙!

검과 기다랗게 솟아난 줄기가 부딪친다. 강화가 되었는지 잘라내진 못했다. 하나 전체를 강화시킬 순 없는 노릇. 즉시 몸을 틀어 황제의 검으로 분신의 옆구리를 노렸다.

쩌어엉!

그러나 내 검이 두 개이듯 분신도 둘이었다. 둘은 서로를 보완하며 나를 압박하고 있었다.

'하이엔달의 검술이 보다 완벽했다면…….'

살짝 아쉽다. 실전에서만 다져진 기초 검술만으로는 부족하다. 적을 죽이는 건 가능하지만 조금 더 복합적으로 몇 수 앞까지 나아갈 순 없었다.

만약 하이엔달의 검술을 온전히 내 것으로 만들었다면 일이 보다 쉬워졌을 것이었다. 지금은 그러지 않았고, 그래서 조금 힘겹다.

'쉽지 않군.'

상황은 막상막하였다.

마수들의 대결은 내가 조금 우위에 있었다. 하나 오쿨루스와 콘테고놈이라는 변수가 굉장히 크다.

타쉬말은 상처투성이였고 마고는 버티기 급급하다. 그나마 허무에 물든 기간테스를 크리슬리가 제대로 상대해 주고 있었다.

만약 저기서 하나가 더 물들 경우 이 전세는 역전될 가능성이 농후했다.

'시간.'

부족하다. 그러나 마음처럼 빨리 끝낼 순 없을 것 같다. 하나, 문제는 또 있었다. 오쿨루스의 휘하 마족들이 다가오고 있었다. 그들마저 합류하면 내 승률은 한없이 0에 가까워진다.

'어쩔 수 없다.'

후우!

작게 한숨을 내쉬며 심호흡을 했다. 쓰기 싫었지만 쓸 수밖에 없을 듯싶었다. 칠 대 죄악 세 개를 모으자 생겨난 스킬. 기존의 스킬마저 흡수한 이것은 나조차 그 활용을 알지 못한다. 설명이라고 있는 것도 '주의'라는 짧은 단어뿐.

하지만 이제는 이 방법뿐이었다. 표정을 굳히며 나는 작게 입을 열었다.

"타락."

Chapter 39

타락

['타락(Ex Epic)'을 정말 사용하시겠습니까?]

재차 묻는 건 처음이다. 그러나 내 결심은 변하지 않았다.
사용한다. 그러려고 입을 열었다.

[마지막으로 경고합니다. 타락을…….]

"타락!"
채엥!
오쿨루스의 분신이 틈을 노리고 찔러온다. 그것을 막으며 신경질적으로 외쳤다.

[마족 '랜달프 브뤼시엘'이 '타락(Ex Epic)'을 사용합니다.]

[일시적으로 시스템의 보호 권한을 벗어납니다. 록이 해제되었습니다.]

[타락의 효과가 끝나기 전까지 모든 시스템의 기능을 이용할 수 없습니다.]

[주의하십시오. '보호 권한'을 벗어난 마족은 천계의 감시로부터 자유로울 수 없게 됩니다.]

[주의하십시오.]

[주의…….]

무수하게 떠오르는 메시지 창.

하나같이 말하는 건 '주의'하라는 것뿐. 시스템의 보호 권한을 벗어났다는 게 무슨 뜻인지 알 길이 없었다.

하지만 타락이 발동된 즉시 나는 변화하기 시작했다. 막혀 있던 게 뻥 뚫리는 기분. 몸을 바르르 떨었다.

이마에 두 개의 뿔이 솟고 나의 전신보다 거대한 날개가 등을 꿰뚫으며 튀어나왔다. 마치 짐승처럼 털이 나며 손톱이 길어졌다. 하얗던 피부도 새까맣게 물들었다.

이후 이상한 문신 같은 것들이 빼곡하게 새겨졌다. 마치 상처처럼 보이기도 하는 그것들은 일제히 빛을 냈다.

그리고 인피니티 아머가 변형되었다. 보다 짙은 마력. 그것을 흡수하고 천천히 모습을 바꿔 나갔다. 날개와 뿔을 가리지 않는 선의 전신 갑주가 된 것이다. 이런 때 보통 메시지 창이 떠오르며 변화한 사실을 알리지만 아무것도 떠오르는 게 없었다.

'시스템을 벗어났다는 건가.'

혹시 몰라 상태창을 띄워봤지만 역시나 묵묵부답.

그제야 시스템을 벗어났다는 것이 실감이 났다.

천천히 주변을 둘렀다. 존재감 하나만으로도 주변 모두를 압도했다. 오쿨루스의 분신조차 잠시 나를 공격할 기색을 잃었다. 허무에서 온 콘테고놈도 마고를 상대하며 내 쪽을 바라볼 정도였다.

"기분이 묘하군."

그렇다. 정말 묘했다. 이 기분을 뭐라 설명해야 할까.

날개의 움직임도 원래 가지고 있었던 듯 자연스럽다. 변화한 모습이 전혀 어색하지 않았다. 진정한 자신을 찾은 그런 느낌. 동시에 나는 커다란 깨달음을 얻었다.

"……이것이 마족의 본모습이다."

아아!

전율이 일었다. 마족이라면 한 번쯤 생각해 볼 법한 의문.

어째서 천족과 달리 마족은 날개가 없는 걸까?

어째서 마족은 인간과도 그토록 흡사하단 말인가.

간혹 아리엘 디아블로처럼 뿔이 달린 마족이 나왔지만 그것은 강대한 마력과 핏줄이 섞여야 나오는 무척 희귀한 경우였다.

그래서 마족은 인간을 유독 미워한다. 너무 닮은 그 모습 때문에. 힘으로선 엄격하게 차이가 나지만 외견은 크게 다를 바가 없었다. 그것을 인정하지 못했다.

나를 제외한 마족들 모두가 인간의 것을 아예 배척해 버리는 게 이와 같은 이유였다. 너무나도 증오해서 가까이 두기조차, 쳐다보는 것조차 혐오하는 것이었다.

한데 이젠 알 것 같다.

지금의 내가 진짜 마족의 원형이다.

무슨 이유에서인가 마족은 날개와 뿔을 잃었고 인간과 비슷한 외형을 갖게 되었다. 그 제약이 타락으로 인해 풀리며 나 홀로 원형을 찾았다.

'타락이되 타락이 아닌.'

무한한 마력.

모든 걸 지배할 수 있을 것만 같은 자신감!

이것은 확실히 타락이되 타락이 아니었다.

"마족의 본래 모습? 무슨 헛소리를 하는 것이냐, 랜달프 브뤼시엘!"

오쿨루스의 본체가 이를 악물었다. 여유가 사라졌다. 나를 바라보는 시선에 무한한 '증오'가 깃들어 있었다.

"왜 흥분을 하지? 헛소리로 치부하면 그만 아닌가."

대뜸 변신하고선 '이게 진짜다' 하면 허무맹랑한 소리로 들리게 마련이다. 하지만 오쿨루스는 그럴 수 없었다. 나를 바라보는 시선에는 증오가 있었지만, 동시에 보일 듯 말 듯한 부러움 또한 섞여 있었다.

아는 것이다. 자연화한 그는 근원을 어느 수준으로 이해할 수 있고 내 자체가 마족의 근원임을 본능적으로 알게 된 것이다.

자신이 진짜가 아니라는 박탈감. 아무리 정신에 이상이 생겼다지만 그는 대공이다. 마족으로서의 자부심 자체를 잃지는 않았다. 아예 종 자체를 부정당한 격이니 화가 날 수밖에.

"또…… 무슨 금기를 깬 것이냐!"

"금기를 깬 건 내가 아니라 너다, 오쿨루스."

"그 모습, 대체…… 대체 무슨 술수를 부렸는지 말해라. 진화한 거냐? 진정으로 선을 넘어 진화를 이룩했단 말이냐!!"

오쿨루스.

어찌하여 저리도 진화에 목을 매는가. 알 것 같긴 했다. 방금 전에도 느꼈듯이 오쿨루스는 자연화를 하며 이질감을 느꼈을 게 분명했다. 이게 진짜 자신의 모습이 아니라고. 변화를 해야 한다며…….

그래서 나를 본 직후, '진화'의 가능성을 손에 넣었다 생각하고 마구잡이로 선을 넘어댔다.

나는 불가능을 넘어서 급속도로 발전했으니 그것이 진화의 발판이라 착각해도 이상할 게 없었다.

영혼 동화, 마족포식자. 어쩌면 조금씩 아닌 게 아니라 '틀린' 것임을 깨달아 가는 찰나인지도 모른다. 반신격의 그림자를 소환한 것은 자신이 행한 행동의 '답'을 듣기 위해서다. 그러면 앞뒤가 맞다.

"불쌍하군."

처음으로 오쿨루스에 대한 인식을 바꿨다.

그냥 미친놈인 줄 알았다. 정신이상자 이상이 아니었다. 재수가 없었고 마계 옥션에서 이야기를 할 땐 조롱을 하기도 하였다. 그런데 오해였다. 본능적으로 자신의 '근원'을 찾고자 발버둥 쳤을 뿐이지 않은가.

마치 자아를 찾는 여행을 하듯 그저 과도기에 있었을 따름이다. 악을 쓰고, 난리를 부리면서까지 갈망한다. 과거의 나를 보는 것 같아서 절로 동정심이 생겨났다. 대공답지 않았지만 마족의 입장에선 약간의 존경심이 일어날 정도다.

전생에서 그는 뚜렷한 인상을 남기지 않았다. 세계수를 최초로 세웠다는 게 전부다. 의욕이 없어 보였고 마왕이 되는 일조차 등한시하는 듯했다. 그 염세적인 태도의 전환점이 바로 나였다.

내가 가능성을 보여줬기 때문에 오쿨루스는 전생과 전혀 다른 노선을 탔다. 정녕 내가 아는 오쿨루스가 맞는지 의심이 되었건만. 애당초 진짜 모습을 전생에선 내보인 적이 없는 거다.

"그 눈빛은 뭐냐? 집어치워라. 알려주지 않겠다면 억지로 뺏겠다. 그래도 불가능하다면 완전히 세상에서 지워 버리겠다!"

"여행은 끝났다, 오쿨루스."

길고 긴 여행길.

오쿨루스는 지쳤다. 한계였다. 더 이상 갈망하면 그때는 걷잡을 수 없게 된다.

그 전에 평안을 되찾아주리라.

어쩌면 태어나서부터 계속된 오쿨루스의 고민, 그것을 내가 해결했으니 그의 최후도 지켜볼 필요가 있었다.

"닥쳐라!"

소리를 내지른 오쿨루스가 움직였다. 뇌신을 무시한 채 분신들과 함께 나를 합공했다. 그야말로 필사적인 몸부림. 기필코 나를 넘어서겠다는 절절한 의지가 느껴진다. 그러나 그럼에도, 진정한 모습을 되찾은 내게는 닿지 않았다.

후웅!

날개를 펄럭였다. 지금부터 무엇을 해야 할지 알 것 같았다. 이마에 솟아난 두 개의 뿔은 마력의 원천이다. 모든 성질의 마력으로 치환될 수 있었다. 한 차례 뿔을 쓸어내리자 모든 마력이 '달빛의 마력'으로 바뀌었다.

하이엔달. 지금이라면 그의 검술을 99%까지 펼쳐 내는 게 가능할 것 같았다.

좌아아!

분노와 황제의 검이 화려하게 움직인다. 단순히 적을 현혹하는 것만이 아니라 움직임 하나하나가 마법적인 의미를 가지고 있었다. 그래서 달빛 낙하는 사용하면 사용할수록 강해진다.

"내 눈은 세계를 꿰뚫는다! 그따위 움직임을 내가 읽지 못할 리가 없다!"

오쿨루스는 '세계의 눈(Epic)'이란 스킬을 가지고 있었다. 심안을 읽고 간파하여 역으로 받아친 그 스킬이라면 어쭙잖은 움직임 따위는 통하지 않을 터.

하지만 이번에는 어떨까?

수컹!

분신 하나가 제거되었다. 부분적으로 강화를 시도했지만 물을 베듯 훑고 지나갔다. 허물어진 분신을 내 날개가 품었다. 그리고 분신 자체가 날개에 녹아 마력이 되었다.

"읽지 못할 리가……!"

그를 본 오쿨루스가 입술을 깨물었다.

"오쿨루스, 모든 걸 안다는 건 불행한 것 같구나."

알아도 어쩌지 못하는 게 있다. 아니, 많다. 그것을 오쿨루스도 알기에 스스로 불행해질 수밖에 없었다.

"닥쳐!!"

잔뜩 열이 오른 오쿨루스가 나머지 분신 하나를 불러들

였다. 이윽고 그의 몸에서 무수히 많은 가지가 생겨나더니 커다란 나무가 되었다. 던전의 층 하나를 전부 삼킬 것만 같은 기세로 늘어나 뿌리와 가지를 채찍처럼 마구잡이로 휘둘렀다.

쾅! 쾅! 콰앙!

적아를 가리지 않았다.

나는 날개를 활짝 펼쳤다. 수천, 수만이 넘어가는 가지를 뚫는 일. 예전의 나라면 불가능하겠지만 날개를 얻은 지금은 가능하다.

날개를 펄럭이며 발이 허공에 뜬 순간, 채찍이 날아오는 속도보다 빠르게 오쿨루스의 심장부에 다다랐다.

"이제…… 편히 쉬어라."

푸욱!

분노, 그리고 황제의 검을 심장부에 찔러 넣었다.

비틀!

오쿨루스를 처리하자 급격한 피로감이 몰려들었다. 몸을 가누기가 힘들다. 이에 기간테스를 상대하던 크리슬리가 빠르게 달려와 나를 부축했다.

탁!

크리슬리의 손을 쳐 냈다.

타락의 부작용인가?

누구도 신뢰가 되지 않았다. 크리슬리에게마저 적대감을 느꼈다. 이러면 안 되는 것을 알면서도 본능적인 거부감이 들었다. 오로지 나 혼자서만 존재해야 할 것만 같은 그런 느낌이었다.

"나의 던전 마스터시여, 괜찮습니까?"

크리슬리가 걱정스러운 어조로 말했다. 고개를 돌려 콘테고놈을 바라봤다. 오쿨루스를 처리했다고 끝이 아니다. 저놈을 처리하고 빠져나가야 성공적이라 할 수 있었다.

"다른 마족들의 움직임은 어떻지?"

"……거의 다다른 듯합니다. 오쿨루스가 죽었음에도 멈추지 않고."

오쿨루스의 휘하 마족들. 본체가 죽으면 끝일 줄 알았는데 그건 아닌 모양이었다. 마지막 명령을 끝까지 수행할 셈인지, 아니면 다른 이유가 있는지.

이대로는 위험하다. 나 스스로의 몸을 빼내는 건 가능할지 몰라도 여기 있는 마수 대다수가 몰살당할 것이다. 이곳의 힘은 내 밑바탕이다. 3년간 어렵사리 쌓은 공든 탑이었다. 아니, 차라리 전부 죽여 버릴까? 어차피 나 혼자서도 충분하다. 그래, 혼자서도…….

'젠장.'

머리를 흔들었다. 제정신과 거리가 멀다. 이대로 있다간 아군을 내 손으로 학살하게 될 공산이 컸다. 점점 버티기 힘들어지고 있었다.

"빠져나가라."

"예?"

"콘테고놈은 내가 상대하겠다. 즉시 던전으로 발을 돌리도록."

"그럴 수는 없습니다."

"거치적거린다. 오쿨루스의 마수들이 혼란하고 있을 지금이 적기다."

"나의 던전 마스터시여!"

"크리슬리, 너희를 구하려고 내가 희생하려는 게 아님을 어찌 모르는 것이냐? 거짓이 아니라 정말로 거치적거린다!"

후웅!

날개를 펼쳤다. 강력한 살의를 가지고 크리슬리를 바라봤다. 애써 주먹을 쥔 채 인내하는 게 전부였다. 그것을 크리슬리도 읽었는지, 숨을 크게 들이쉬며 고개를 깊숙이 숙였다.

"……다른 이들은 몰라도 저는 던전 마스터께서 빠져나오실 때까지 이곳을 지키겠습니다."

"크리슬리……!"

"던전 마스터께서 돌아가시거든 저 역시 죽은 몸임을 어찌 모르십니까? 제발 그런 매정한 말씀은 마십시오."

커다란 까마귀를 탄 채 크리슬리가 크라스라에게 날아갔다. 이어서 전권을 맡기고 빠져나가기를 명했다.

크라스라는 나와 크리슬리를 바라보고 한참을 망설이다가 크리슬리의 단호한 태도에 하는 수 없이 마수들을 데리고 후퇴했다.

다행히 그때까지 나는 정신을 다잡을 수 있었다. 하지만 후퇴가 마무리되려는 그때, 기어코 정신이 아득해짐을 느꼈다.

"크르르르!"

시야가 어두워진다. 감정이 마모되고 남은 것은 오로지 하나.

살의!

먹이를 찾는 야수처럼 주변을 둘러보았다. 떨어지는 침, 붉어진 눈동자. 이어 가장 가까운 마수들을 차례대로 찢어발기기 시작했다.

콰득!

콰지직!

종잇장처럼 찢겨 나간다. 양손으로 어깻죽지를 부여잡고 쭉 갈라 버리는 것이다. 그러면서 튄 피가 전신에 흠뻑 묻었다.

그러한 행위를 반복하자 검은색 피부가 완전히 붉은 피로 가려질 정도였다. 목줄을 물어뜯고 안구를 파낸다. 마른 목을 축이고자 송곳니를 박고 피를 빨아들인다.

"크르르르!"

아비규환!

지옥이 있다면 바로 이곳이었다.

내게서 비롯된 악몽이 이곳에 재현되고 있었다.

"너는…… 네놈은 무엇인가?"

콘테고놈.

허무의 그림자.

과거 설인의 왕이라 불렸지만 지금의 그는 더없이 흉측한 몰골을 하고 있었다. 꿈에 나올까 두려운, 하지만 내게는 외견보다 얼마나 강하느냐가 중요했다. 상대가 강하면 강할수록 이 목마름이 해소되리라고 본능이 말하는 것이다.

그는 마고를 상대할 때조차 한 치의 물러섬이 없었다. 오히려 마고를 벼랑 끝으로 몰아가지 않았나. 각개격파로 나갔다면 진즉에 처리했을 터.

콘테고놈은 자신이 있었다. 결국 이들은 필멸자들. 언젠가 죽는 게 확정된 불쌍한 육체의 종속자에 불과했다. 반면 불멸자인 자신은 속박되지 아니하며 영원하다. 애당초 짜인 각본과 같았다. 질 리가 없었고 그게 당연했다.

그런데 처음으로 콘테고놈의 표정에 '경악'이 서렸다.

"허무와는 정반대에 있는 자. 신위는 전혀 느껴지지 않는다만 그럼에도 네놈은 모든 걸 가지고 있구나! 그 육체, 무척이나 탐이 난다."

이런 경우는 처음이었다.

육체는 그저 허울이라 여겼거늘.

편견이 깨졌다.

경악과 동시에 탐욕도 함께했다. 나를 바라보는 눈빛. 그것은 이전에 없었던 훌륭한 예술품을 발견한 예술가와 비견될 만하였다.

"너를 갖겠다. 허무에서 벗어나 그 육체로 진정한 신위를 얻으리라!"

콘테고놈이 발을 들썩였다. 주변의 모든 마수가 그의 존재감을 느끼고 물러섰다. 거대한 원이 만들어졌으며 그 중심부에는 나와 콘테고놈뿐이었다.

나는 날개를 활짝 펼쳤다. 내 육체는 나만의 것이었고 누구에게도 넘길 생각이 없었다. 저것 또한 헛된 갈망이다. 오쿨루스가 바랐지만 이루지 못한 허망한 꿈.

과연, 둘은 조금 비슷한 구석이 있었다. 끼리끼리 논다는 말처럼 비슷한 성향의 그림자를 소환한 것 같았다.

'맛있겠군.'

물론 콘테고놈만 갈망을 하는 것이 아니다. 나도 콘테고놈을 바라보며 입맛을 다시고 있었다. 이 채워지지 않는 갈증이 저놈을 먹어치우면 채워질 듯싶었다.

사냥꾼은 나였고, 놈은 사냥감일 따름이었다. 맹수도 노련한 사냥꾼을 이기지는 못한다.

"얌전히 몸을 내놔라!"

그림자가 요동쳤다. 빛무리가 퍼지는 것처럼 전방에서 나를 압박했다. 달의 마력으로 치환한 마력을 나는 다시 한 번 바꿨다.

화아악!

두 개의 뿔에서 빛이 쏘아졌다. 치환한 마력은 놀랍게도 '빛'의 속성을 가지고 있었다. 신성력과는 조금 다르지만 아주 다르지는 않은 비슷한 속성의 마력이다. 그림자는 빛에 의해 드러나게 되어 있다. 나를 향해 쇄도하던 그림자가 그 빛을 받곤 주춤거렸다.

"네놈은 마족이 아닌가? 어찌하여!"

콘테고놈도 재차 경악할 수밖에 없었다.

치이이익!

하나, 그 여파가 아예 없지는 않았다. 살이 타들어 갔다. 급격한 마력의 변환. 하물며 그 마력이 나와는 상극이니 내부에서 몸을 태워가는 것이다.

"크르르르!"

하지만 멈추지 않았다. 한 발자국씩 다가가며 빛을 뿜었다. 그러자 콘테고놈이 그림자를 회수했다.

"이놈……!"

쿠아아아!

회수된 그림자가 차츰 모여들어 하나의 커다란 검과 같은 형상을 만들었다. 흉측한 육체가 여과 없이 드러났지만 진짜 실력을 보이겠다는 작태다.

뭉친 그림자에겐 더 이상 빛이 통하지 않았다. 하여 나는 한 번 더 마력을 치환했다. 이번에는 '혼돈'이다. 아리엘 디아블로의 전매특허. 어비스 소드는 심연 속 혼돈을 다루는 힘이었다. 그것을 전신에 둘렀다.

치이이이익!

내부에서 타는 냄새가 더욱 강렬해졌다. 이대로는 머지않아 스스로 파멸할 것이지만 전혀 개의치 않았다.

지금 내게 있어서 중요한 건 저놈을 먹느냐 마느냐다. 그리고 나는 반드시 먹을 작정이었다.

"크르르르!"

목울대를 울리며 달려 나갔다. 콘테고놈이 그림자로 이루어진 검을 든 채 나를 맞이했고 부딪치는 순간 강렬한 파장이 주변을 휩쓸었다.

콰아앙!

둘 다 한 치도 물러서지 않았다. 검과 손톱이 나부끼며 폭발을 일으켰지만 힘은 비등했다.

"더욱 욕심이 나는구나!"

흉측한 몰골의 콘테고놈이 웃었다. 끔찍하기 짝이 없었고 그것을 알기에 그림자로 감췄지만 이제 새로운 육체를 얻는다. 그것도 자신의 진심마저 받아내는 아주 훌륭한 육체로 갈아탄다는 생각에 기쁘기 그지없었다.

시간만 끌면 된다. 보아하니 저 상태가 오래갈 것 같지는 않았다. 시시각각 생명력이 타고 있는 게 느껴졌다. 그런 것을 챙길 이성이 남아 있는 것 같지도 않았다. 그래서 콘테고놈은 여유로웠다.

"크롸앙!"

쾅! 쾅!

대치가 풀리자 마구잡이로 손을 놀렸다. 그럴 때마다 혼돈의 마력과 그림자가 폭발을 일으켰고 주변을 마구잡이로 휩쓸었다. 그 여파 탓에 죽어 나간 마수가 수백에 이르렀다.

둥글게 원을 이룬 채 둘의 대결을 지켜보던 마수들이 도망가기 시작했다. 상급의 마수도 버티기가 힘들어서 발을 뺐을 수준이다.

둘의 대결은 던전의 마력마저 태워 버리는 중이었다. 층을 지탱하던 마력이 사라지니 무너져 내릴 수밖에 없었다.

콰아앙!

"나의 던전 마스터시여……!"

무너지는 바위의 틈새로 크리슬리가 달려왔지만 한발 늦었다. 공간이 나뉘었고 이제는 완전히 둘뿐이었다.

"그만 포기하고 얌전히 몸을 내놔라!"

시간이 길어질수록 콘테고놈도 서서히 질려갔다. 거의 다 됐다고 여겼는데 끝이 없었다. 손톱이 부러지고 몸 곳곳에 자상이 가득했건만 더욱 흉포해져서 사납게 이빨을 드러낸다. 천하의 콘테고놈도 무사할 순 없었다.

목 줄기의 절반을 뜯어 먹혀서 고름이 줄줄 새는 중이었다. 빨리 육체를 갈아타지 않으면 자신도 위험했다.

그러던 어느 순간이었다.

"이히히. 예쁘고 착하고 귀여운 이히가 돌아왔어요, 마스터!"

뿅!

소리와 함께 이히가 나타났다.

황금의 왕관과 이쑤시개 같은 찬란한 검, 보석 방패를 들고 있었는데 왠지 모를 현기가 느껴졌다. 이히는 나타난 즉시 주변을 두리번거렸고 곧 고개를 갸우뚱거렸다.

"응? 넌 누구니?"

모습이 변한 것을 알아차리지 못한 이히가 이번엔 콘테고놈에게 시선을 던졌다.

"넌 또 누구야? 뭐야, 이히의 마스터는 어디 갔어? 분명히 마스터가 있는 곳으로 왔는데? 이상하다."

이히가 입술에 손가락을 대곤 눈을 깜빡였다. 이윽고 무언가를 깨달은 듯 손을 뻗어 콘테고놈을 가리켰다.

"그런데 느낌이 묘하단 말이야. 얼굴도 못생긴 게 말이야. 막 이히가 짜증이 난단 말이야. 요정 기사님은 이히가 나쁜 놈을 알아차릴 수 있댔어. 그러니까, 너 나쁜 놈이구나!"

이히가 방패를 들었다. 그러자 보석 방패에서 환한 빛무리가 일직선으로 뻗어 나갔다.

콘테고놈은 어이가 없었다. 막상막하, 아니, 승기를 조금씩이나마 잡아 오고 있었다. 지쳤는지 움직임이 굼떠졌다. 앞으로 몇 번만 더 부딪히면 확실하게 '승리'를 점 지을 수 있었다.

그러는 와중 웬 듣도 보도 못한 요정 한 마리가 나타나서 훼방을 놓는 것이다. 그냥 무시해도 좋겠지만 보석 방패에서 쏟아지는 빛이 예사롭지 않았다. 그리고 그 느낌은 정확했다.

"커억!"

타격이 크지는 않았다. 하지만 잠시 주춤거리게 만들 정도는 되었다. 작은 틈. 그 틈 사이로 날개를 펼친 놈의 이빨이 날아들었다.

콰직!

콰지직!

"크아아아악!"

연이어 벌어진 광경은 끔찍했다. 거칠게 이빨로 콘테고놈의 몸을 유린했다. 승리자가 만찬을 즐기는 그런 느낌조차 없었다.

먹는다. 먹고 또 먹는다. 그저 그게 전부인 행위.

부들부들!

그 괴이한 광경에 이히도 넋을 잃었다. 소름이 돋으며 몸을 잘게 떨어댔다. 끝내, 콘테고놈의 전신을 먹어치우고 잿빛 날개의 악마가 시선을 돌렸다. 그 시선의 끝에 이히가 있었다.

"이, 이히는 맛없어요……."

검과 방패를 쥐었지만 공격하기가 애매했다. 분명히 많이 본 얼굴인데 느낌이 확연하게 달랐다. 마스터라면 응당 연결되었어야 할 축복도 전혀 낌새가 없었다.

어떡하지?

그러는 찰나에도 잿빛 날개가 펄럭이며 이히에게 다가오는 중이었다. 결국 이히는 이러지도 저러지도 못한 채 눈을 질끈 감았다.

"에잇!"

위이잉!

왕관이 빛났다. 이히도 처음으로 사용하지만 왕관의 능력은 매우 특이한 것이었다. 알고 있는 대로라면 분명히 효과가 클 터.

잠시 이히는 분홍 여왕을 만난 일을 상기시켰다.

Dungeon Hunter

버섯 왕국.

쿠키 왕국.

두 곳의 보물은 황금 왕관과 보석 방패였다. 보물을 착용하고 분홍 여왕을 만나러 갔다.

싸웠고, 졌다.

이에 분해서 엉엉 우는데 분홍 여왕이 깔깔 웃었다.

"아, 재밌었다!"

알고 보니 분홍 여왕이 요정 기사였다. 무려 2만 년 동안 다음 후계자가 나타나길 기다리고 있었다고 했다. 너무 심심해서 이런 연극을 꾸몄다는 것이다.

버섯들도 쿠키들도 일제히 사과를 했다. 이히는 울다가 입술을 삐죽 내밀었다. 정말 나쁘다고 입을 열자 요정 기사가 말했다.

"너 정도면 충분해. 이히라고 했니? 심성이 무척 착하구나. 너에게 계승권을 넘겨줄게. 이미 넘겼지만."

왕관과 방패, 그리고 검.

이 세 가지가 요정 기사의 증표였다.

"검은 악을 꿰뚫고 방패는 악을 밝히며 왕관은 악을 본래 있었던 곳으로 돌려보낸단다. 특히 왕관은 자주 못 쓰니까 위험할 때만 사용해야 해. 이 세 가지 힘을 잘 활용하렴."

"그럼 이히는 돌아갈 수 있나요?"

"그래! 어디로 가고 싶니? 네가 가고 싶은 곳을 떠올려 봐. 그곳으로 이동하게 될 거야."

"이히는 마스터의 옆으로 가고 싶어요!"

"응? 이미 섬기는 분이 있는 거구나? 대단하다, 대단해. 알았어. 그분을 잘 떠올려 봐. 특징 같은 것들을 확실하게 새겨야 해."

"마스터는 커다란 무기가 두 개고요, 아니, 세 개고요. 엄청 잘생겼어요. 막 나쁘다가도 자상하고, 이히히, 이히한테만 그러는 거 같애요."

"어…… 음, 알겠어. 자, 마스터 자랑은 거기까지 하고 슬슬 가야지?"

"네. 안녕히 계세요, 요정 기사님!"

꾸벅!

Dungeon Hunter

왕관의 힘은 악을 본래 있었던 곳으로 돌려보낸다. 악이라면 통할 것이고 마스터라면 통하지 않을 것이라고 이히는 계산한 것이다. 마스터는 가끔 심술궂긴 했지만 이히에게 있어서 결코 악은 아니었던 탓이다.

그리고 왕관의 힘은 악을 돌려보냈다.

"아! 역시 마스터가 아니었구나."

이히를 위협하던 잿빛 날개의 소유자는 그 자리에서 말끔히 지워졌다. 먹다 만 그림자의 잔해만 남아 있었다.

"그나저나 여기는 어디람? 요정 기사님이 이히를 골리려고 이상한 곳으로 보내준 게 분명해."

주변을 둘러봤다. 커다란 바위들이 겹겹이 쌓여 있어서 나가기가 힘들 것 같았다.

바로 그때였다.

바위의 작은 틈새 사이로 크리슬리가 빼꼼 튀어나온 것이다.

"나의 던전 마스터시여……!"

손가락의 손톱은 전부 깨졌고 핏덩이가 되었다. 그만큼 간절히 바위 사이를 뚫고 나온 것이었다.

"크리슬리?"

"요정님?"

"네가 여기 왜 있어?"

틈새를 빠져나온 크리슬리가 초조히 주변을 둘러보다가 답했다.

"던전 마스터를…… 못 보셨습니까? 분명히 방금 전까지 이곳에."

이히가 고개를 저었다.

"아냐, 마스터는 없었어. 못생긴 애들 두 명만 있었어."

"그, 그럴 리가요. 비록 모습은 변하셨지만 잿빛의 날개를 가지고 계셨을 겁니다."

크리슬리의 말을 듣고 이히는 눈을 크게 떴다.

"……어?"

"왜 그러십니까?"

"이히가 본 거 같기도 해."

"그럼 어디에……?"

왕관은 악을 본래 있었던 장소로 되돌리는 힘이 있었다.

마스터가 태어나고 자란 장소라면.

"……마계?"

"예?"

"크, 큰일이야! 이히가 또 큰일을 저질러 버렸어!"

이히의 얼굴이 울상이 되었다.

Chapter 40

지저 세계

Dungeon Hunter

몸이 무겁다. 전신이 뜨겁고 심장은 파열할 것만 같았다. 쉴 새 없이 땀이 흘렀으며 도저히 정신을 다잡을 수가 없었다.

"살아 있어."

"맙소사…… 살아 있다고? 정말 심장이 뛰고 피가 흐른단 말이야?"

"들어봐. 이 소리 안 들려?"

덜그럭거리며 주변에서 무언가가 움직인다. 이어서 차가운 피부가 내게 접촉했다.

"진짜다! 진짜 살아 있어! 살아 있다고! 미친!"

"어떡할까? 이 소식을 마을에 알리는 게 좋을까?"

"아냐, 장로님 성격 몰라서 그래? 그분은 안전제일 주의잖아. 일단은 우리만 알고 있자."

"그런데 상태가 나빠 보여. 열이 심한 거 같은데."

"잠깐만. 이럴 땐 어떻게 하는 게 좋았더라? 기억이 날 것 같기도 하고…… 토리엄, 너는 기억 나냐?"

"차가운 물로 천을 적셔서 이마에 올려두면 괜찮아질 거야."

"아아, 맞아. 그랬지. 워낙 오래전 기억이라 깜빡했지 뭐야. 기다리고 있어 보라고. 내가 구해서 올 테니."

"제프, 시간이 없어. 생자는 약해."

"나도 알아!"

토리엄과 제프.

그중 제프라라 불린 이가 떠나갔다.

'답답하다.'

그러나 나는 주변의 일을 신경 쓸 겨를이 없었다. 가슴이 답답했다. 무언가가 강하게 짓누르고 있는 것만 같았다. 아마도 이 고통의 시발점은 심장이다. 심장이 미친 듯이 요동치고 있었다. 차라리 멈췄으면 싶을 정도로 끔찍하게.

"하, 생자라니. 죽은 자의 세계인 지저에서 생자라니……."

쿵! 쿵! 쿵!

터지지 않는 게 이상하리만큼 심장 소리가 크게 귓가에 울려 퍼졌다.

시간이 얼마나 지났을까?

아득하던 정신이 조금씩 제자리를 찾았다. 아직도 몸을 움직이기는 힘들지만 주변의 소리쯤은 들을 수 있었다.

"토리엄, 힘들면 교대로 할까? 너는 이야기도 만들어야 하잖아."

"이야기는 여기서도 만들 수 있어. 어차피 영주는 내 이야기를 크게 좋아하지 않아. 그냥 할 게 없으니까 심심풀이로 듣는 거지."

"설마. 토리엄 네 이야기가 얼마나 재밌는데! 나는 그런 재주가 있는 네가 부러워. 영주성에서 아름다운 거, 재밌는 거도 많이 볼 거 아냐?"

"그러면 좋겠지만…… 보기 싫은 걸 더 많이 봐. 듣기 싫은 것도 듣게 되고. 또 중부에선 전쟁이 벌어졌다고 하더라."

"에휴, 질리지도 않나? 툭하면 전쟁이네. 이미 죽은 놈들끼리 사이좋게 지내면 어디가 덧나나?"

"여태껏 중립을 지키던 사령관이라 이번엔 쉽게 끝나지 않을 것 같아. 실종되었다는 소문이 있던데 갑자기 나타나선 칼을 빼 들었대. 어쩌면 이번에야말로 중부가 정복될지도 모르지."

"안 돼. 이 영원의 저주는 아무도 풀 수 없어. 정통성은 개뿔. 다 똑같아. 사리사욕만 가득해선…… 항상 우리 같은 약자만 고통받잖아."

"그야 그렇기는 하지만……. 기세등등하던 여타 사령관들의 발등에 불이 떨어졌어. 우리 마을에서도 징병을 할지 몰라."

"에이~ 여긴 중부가 아니라 남부인데?"

"실은 남부가 전쟁터가 될 거라는 소문도 있어."

"왜?"

"강제 규합이지. 만만한 남부를 잡아먹고 힘을 불려서 상대를 하겠다는 거야. 이미 군이 내려오는 중이란 이야기도 있고."

"전쟁이 지긋지긋해서 남부로 온 건데…… 안전한 곳이 없네."

"일당백의 용사가 지긋함을 느껴서 되겠어?"

"닥치고. 이딴 흉흉한 얘기는 여기까지 하자고. 그나저나 우리 예쁜이께선 언제까지 잠들어 있으시려나?"

"열은 내려간 것 같아. 그리고 이상하리만치 회복력이 빨라. 이 상태면 곧…… 어?"

"손가락! 손가락이 움직였어! 내가 봤어!"

"제프, 호들갑 떨지 마. 지금도 계속 움직이는 중이라고."

"바닥에 뭔가를 쓰는데?"

"저건…… 글자인가?"

"토리엄 네가 모르는 걸 내가 어떻게 알아?"

"아아, 글자다. 정말 대단한 악필이야. 아무튼……."

"아무튼?"

"'여기는 어디냐'고 묻네."

"지저에 존재하는 장소. 망자의 세계!"

"우리는 언데드고. 나는 토리엄, 내 옆에 시끄러운 애는 제프."

"맞아, 맞아."

"너는 누구지?"

"또 쓴다!"

"가만히 좀 있어봐. 어디 보자, '랜달프 브뤼시엘'이라네."

"랜달프 브뤼시엘! 어디서 왔냐고 물어봐. 어떻게 살아서 이곳에 왔는지도."

"들었지? 답변 부탁해. 우리는 궁금한 게 많거든."

"……안 움직이는데?"

"음, 다시 기절한 것 같네."

"약골이잖아."

"상처가 컸으니까. 그만한 상처를 치료하고 벌써 움직인 것도 대단한 거라고. 제프, 내 방에 가서 '젤림' 좀 가져다 줘."

"그 귀한 걸?"

"어서."

"쳇, 부려먹기는. 기다리고 있어봐."

몸이 조금씩 안정되었다. 뜨겁게 뛰던 심장도 차츰 속도를 늦췄다. 고갈된 마력이 돌아오며 혈색이 좋아졌다. 머지않아 나는 눈을 뜰 수 있었다.

'진짜 언데드로군.'

동굴 안.

네 개의 눈동자가 나를 바라보고 있었다. 다 빠진 머리카락, 보랏빛의 피부, 몸 곳곳에 곰팡이 같은 게 피어 있었다. 영락없는 언데드다.

손가락을 움직여 몇 가지 물음을 던진 기억이 있었다. 워낙 경황이 없는 상황이라 전부 기억하진 못했지만 이곳이 지저 세계라는 곳인 것과 나를 살피는 이 둘이 언데드라는 것까지는 떠올릴 수 있었다.

'문제는…… 지저 세계가 어디인지 모르겠다는 것.'

마력의 순환이 다르다. 생소하기 그지없는, 하지만 어째서인지 익숙한 마력이 주변을 맴돌았다. 이런 느낌은 처음인지라 당황스럽기까지 하였다.

던전이나 지구, 마계, 심지어 정령계조차 아니다. 나가봐야 알겠지만 하여간 익숙한 곳과는 거리가 멀었다.

'몸 상태는 최악이다.'

가만히 몸을 점검한 결과 절로 고개가 저어졌다. 이보다 나쁠 수가 없었다. 하급 마수 한 마리도 제대로 처리하지 못할 수준이었다. 근육이 거의 다 죽었고 마력은 고갈된 것이나 마찬가지였다. 뇌신을 부를 여력마저 되지 않았다.

"무엇을 그리 보나?"

벽을 짚고 일어나서 입을 열었다.

"말했다!"

"별게 다 놀라운 모양이군."

이름이 제프랬던가?

호들갑을 떠는 걸 보니 맞는 것 같았다. 어쨌든 이들이 나를 구한 건 맞는 듯싶다. 전후 상황을 하나도 모르겠지만 이것 하나는 확실했다. 정신을 잃은 와중 간간이 이들의 목소리를 들은 것이다.

"그대는 어디서 왔소?"

"네가 토리엄인가?"

"맞소."

"토리엄, 내가 먼저 묻겠다. 이곳은 정말 지저 세계란 곳인가?"

"그렇소."

"마계도 중간계도 아닌?"

"엄밀히 말하자면 그 중간에 존재하는 곳이라 보면 될 것이오."

"쉬이 믿지 못하겠군."

벽을 짚고 걸어 나갔다. 토리엄이 다가와서 부축을 해주려고 했지만 내가 제지했다.

곧이어 동굴의 바깥으로 나온 나는 하! 코웃음을 치고 말았다. 동굴의 아래는 절벽과 같았고 제법 넓은 장소를 한눈에 파악할 수 있었다.

'마계보다 지독해.'

죽음이 가득한 장소. 아니, 죽음뿐이 없는 장소!

모든 게 다르다. 마계에서 지구로, 지구에서 정령계로 진입했을 때와 비슷한 느낌이었다.

'콘테고놈과 대치하며 무슨 일이 일어난 거지?'

눈살을 찌푸렸다. 콘테고놈과 대치한 것까지는 기억이 났다. 하지만 그 이후 기억의 공백이 있었다.

'이히와의 통신도, 상태창도 떠오르지 않는군.'

나를 잇던 모든 게 끊겨 버린 것 같았다. 작게 혀를 찼다.

"나는 이곳의 존재는 아니다."

"당연하오. 이곳은 죽은 자만 있는 세상이니까."

어느덧 옆에 다가온 토리엄이 고개를 주억였다.

"내가 돌아갈 방법을 알고 있나?"

"모르오. 사실 지금도 믿기지 않소. 산 자가 지저 세계에 온 건, 적어도 내가 알기론 처음이오."

"다른 이는 알 수도 있겠군."

"그럴지도 모르지만…… 안정을 취하는 게 어떻겠소? 많이 안 좋아 보이는데."

맞는 말이다. 주변 상황을 파악하는 것도 중요하지만 내 몸을 회복하는 건 더 중요하다. 이 상태로는 마음 편히 돌아다닐 수도 없었다.

'오크 한 마리조차 버겁겠어.'

최악도 이런 최악이 없다. 몸이 왜 이따위란 말인가. 스킬

타락을 사용하며 돋았던 뿔이나 날개도 없어졌다. 상태창도 떠오르질 않으니 주먹을 쥐었다가 폈다. 앙상한 뼈와 푸른 핏줄이 한눈에 보였다.

"혹시 물과 먹을 게 있나?"

언데드도 감정 표현은 할 수 있는지 토리엄이 어이없다는 듯 헛바람을 내뱉었다.

"참으로 뻔뻔하군."

"공짜로 얻어갈 생각은 없다. 그대들의 궁금증을 조금씩 풀어주지."

보아하니 제프와 토리엄은 나에 대한 것들이 무척이나 궁금한 것 같았다. 그렇다면 그것을 이용해 조금씩 내가 바라는 바를 이룰 수밖에 없었다.

"산 자가 먹기는 조금 힘들 것이오만."

"상관없다."

작게 고개를 저었다. 먹을 수만 있다면 족했다.

'젤림'이라 불리는 나무의 나뭇가지를 빻아서 만든 죽과 비린내가 나는 물. 음식이라곤 이 두 가지가 전부였지만 없는 것보단 나았다.

"나는 이야기꾼이오. 7일에 한 번씩 영주에게 지어낸 이야기를 해주고 젤림의 나뭇가지를 받지. 지저 세계에서 젤림은 무척이나 중요하다오. 썩어가는 몸의 '보존 기간'을 늘려주는 용도라 보면 되오."

토리엄이 잔뜩 생색을 냈다. 하나, 젤림이란 이름도 들어 본 적이 없었다.

"방부제 같은 거로군."

"방부제?"

"그런 게 있다."

"흠, 그대의 세계에 있는 물건인가 보군. 하여간에, 그대는 누구요? 랜달프 브뤼시엘이라는 이름과 지저 세계의 주민이 아니라는 것 외에는 전혀 알려주지 않을 생각이오?"

이미 음식과 물은 받았다. 앞으로도 지속적으로 구하려면 이들은 필요한 존재였다. 당장 나는 이곳에 대해서 아는 게 전혀 없는 까닭이다.

"던전을 운영하고 있었다."

"던전? 마수들이 나오는 그런 던전이오?"

"맞다."

"보통 던전은 흑마법사나 리치가 운영한다고 들었는데……."

"오늘은 여기까지 하지."

"잠깐! 말은 끝까지 해야 할 것 아니오!"

"내일 마저 이야기해 주마."

자리에 앉아 눈을 감았다. 우선 몸의 내부를 관조할 필요가 있었다. 그리고 반쯤 죽어버린 몸과 마력을 회복할 방법을 구상해야만 했다.

"후! 알겠소. 내일 다시 오겠소."

"먹을 것과 마실 것도 같이 가지고 오면 좋겠군."

"젤림은 귀하오!"

"내 알 바 아니다."

"……."

토리엄이 휙! 몸을 돌려 동굴을 빠져나갔다. 그 뒤를 빠르게 제프가 쫓았다.

"괜한 걸 주운 거 같은데?"

"제프, 나는 이야기꾼이야. 궁금한 건 못 참아."

"내가 겁 좀 줄까?"

"그 눈…… 그런 게 통할 상대가 아냐. 너보다 많이 죽여 본 것 같다."

"뭐?"

"제기랄! 어디서 저런 게 떨어진 거야? 방부제는 뭐고? 궁금해서 돌아버리겠다!"

"또 궁금병이 도졌네. 이래서 네가 이야기를 잘 만드나 보다."

"혹시 모르니까 네가 가진 젤림도 좀 빌려줘. 내가 가진 걸로는 부족하겠다."

"너 미쳤어?"

"그만한 가치가 있으니깐 그러는 거야. 이 멈춰 버린 세계에 움직이는 자가 나타났어. 나는 무언가 큰 의미가 있으리라 본다."

"하여간 토리엄, 너와는 오랫동안 알고 지냈지만 나는 아직도 너를 잘 모르겠어."

제프가 한숨을 내쉬었다.

허리에 묶인 마법 주머니를 꺼냈다. 다행히 주머니는 무사했다. 내가 주인으로 인식되어 있어서 나 아닌 자가 손을 대면 아무것도 꺼낼 수 없었다.

'분노와 황제의 검은 안에 있군.'

다행히 필요한 몇몇 아이템이 주머니 안에 고스란히 담겨 있었다.

안에 든 아이템을 확인하고 나는 자리에서 일어났다. 이어서 팔을 뻗었다. 그러길 30여 초. 팔이 부들부들 떨려왔다. 걷는 것도 힘겨웠다. 체력이 엉망이었다.

'기초부터 다시 시작해야겠어.'

마계의 전쟁터에 처음 발을 들였을 때. 어떻게든 살아남고자 나는 노력했다. 필사적으로 몸을 만들었고 기술을 익혔다. 그런데 그 짓을 또 한 번 반복하게 생겼다.

'우선 몸부터.'

죽어버린 근육을 되살리는 게 가장 급했다.

이미 한 번 겪은 일. 거기다가 몸도 본래의 모습을 찾으려고 하는 것인지 회복 자체는 놀라운 수준이었다.

하루하루가 달라진다는 걸 몸소 체험했다. 첫날에는 걷는 것조차 힘들었지만 고작 이틀 만에 몰라볼 정도로 근육이 붙은 것이다.

'단순한 방부제는 아니었군.'

특히 '젤림'이라 부르는 나뭇가지의 효과가 뛰어났다. 원기를 회복시켜 줘서 더욱 탄력이 붙었다. 미약하게나마 마력도 돌아왔다. 스킬을 쓸 정도는 아니었지만 그것도 시간문제라고 보았다.

'분노, 황제의 검.'

이렇게 무거웠던가? 묵직하다. 느껴본 적 없는 무게감이 양손을 타고 흘러들었다.

후웅!

검을 휘두르자 영 자세가 나오지 않았다. 마치 처음으로 검을 쥐어본 기분에 피식 웃고 말았다.

'딱 이런 느낌이었지.'

정확히 12살 때였다. 강제적으로 전쟁에 동원되었고 훈련이라는 미명하에 검을 쥐었다. 나와 비슷한 또래의 마족 서른 정도가 모여 있었는데 그중 단 두 명만 살아서 병사가 될 수 있었다.

악착같이 살아남았다. 검이라곤 쥐어본 적도 없지만 생존을 위해 이를 악물었다. 그 당시 나를 바라보던 교관의 눈빛을 기억한다. 쓸 만한 병졸 하나가 들어왔다고 자신을 대신해 죽을 이가 들어왔다는 그런 눈빛이었다.

'그 눈빛이 싫었다.'

전쟁에서 승리한 그날!

술에 취한 교관에게 결투를 신청했고 그를 죽였다. 안 그러면 이용만 당하다가 죽을 것임을 본능적으로 알게 된 것이다. 이후 생존을 위해 발악했다. 마계는 어디서나 전쟁이 횡횡했다. 진정한 강자만이 자유를 얻는 게 가능했다.

'그때의 나는 빠르게 성장했던 것 같군.'

아무것도 없는 마족. 있는 것이라곤 악밖에 없는 볼품없던 마족이 브뤼시엘이란 성마저 강탈할 줄 누가 알았겠는가. 좋은 피를 이은 허접한 놈이었지만 그래도 상위 72마족 중 하나였는데 말이다.

그저 강해지자고 발악했을 따름이다. 대공들을 만나고 의욕이 꺾인 뒤부터 발전이 더뎌졌다.

마신의 제안에 의해 지구에서 힘을 얻었지만 과연 그것은 진정으로 내 노력에 따른 '힘'이었을까?

물론 아예 부정할 순 없겠지만 마계의 전쟁터를 전전할 때보다 노력했다고는 하지 못한다. 치열하지 않았고 그래서 졌다. 조금 더 치열해질 수 있었음에도 스스로 제약을 건 탓이다.

'회귀한 다음 나는 노력했다. 적어도 전생에서보단 잘 해

나갔지. 그러나 여전히 한 발자국이 부족하단 기분을 지울 수 없었어.'

전생의 기억이 있고 비교할 수 없는 힘을 얻어서 자만했다. 지금 와서 생각해 보니 그런 면이 분명히 있었다. 순수 능력치보단 보정 능력치에 기댄 게 사실이었다.

그렇게 대공들보다 위에 있다고 으스대며 자랑한 결과 오쿨루스란 변수에 휘둘리고 말았다.

만약 조금 더 내 스스로를 다그쳤다면 이야기는 달라졌을 수도 있었다. 수많은 가능성의 한 가지지만 그 한 가지를 위해선 또 하나의 벽을 넘을 필요가 있는 것이다.

'어차피 몸을 만들어야 한다면 나만의 순수한 힘을 키워 보자.'

다른 무엇에도 의지하지 않고 내 스스로의 상승을 원한다.

분노와 황제의 검을 다시금 들었다.

'하이엔달.'

타락으로 변신했을 때조차 완벽하게 흉내 내는 게 불가능했다. 99%는 비슷할지언정 중요한 1%가 부족했다. 그의 검술을 온전히 나만의 것으로 만들어 보이리라.

슬쩍 하늘을 올려다보곤 입을 열었다.

"여기도 달은 뜨는군."

늦은 저녁.

달빛에 취해 검을 휘둘렀다. 입에서 단내가 나고 지쳐 쓰러질 때까지 내 움직임은 멈추지 않았다.

6일 차.

점점 검의 무게에 적응이 되어갔다.

'타락의 영향인가, 아니면 다른 무언가의 영향인가.'

절벽 위에서 쌍검을 휘두르며 잠시 생각했다. 지저 세계에 발을 들이고 몸이 약체화된 연유가 궁금한 것이다.

분명히 내 몸은 맞았다. 마력의 흐름도 일치했고 나락군주의 심장도 여전히 있었다. 그런데 눈을 떠보니 전신의 근육이 죽어 있다. 타락, 혹은 콘테고놈을 상대하며 무슨 일이 일어난 게 틀림없었다.

그렇다고 다시 타락을 사용할 수는 없는 노릇이었다. 너무 위험했다. 궁금증을 잠시 뒤로 밀어놓고 몸을 회복하는 데 집중해야 할 듯싶었다. 그러다가 슬쩍 고개를 돌렸다.

'제프.'

언데드 제프.

날렵한 몸을 지닌 그가 조금 떨어진 곳에서 열심히 날이 빠진 검을 휘두르고 있었다.

"으랏! 으라앗!"

기합 소리가 우렁차다. 어디서 배운 게 있는지 각이 꽤 잘 잡혔다.

이틀 전부터 반복된 행위다. 내가 검을 휘두르는 걸 보더니 '전쟁'을 운운하며 이곳에 오거든 항상 옆자리를 차지했다. 그리고 보란 듯이 기합을 내지르며 실제로 가끔 내 쪽을 뻔히 바라보기도 하였다.

'내 솜씨가 어떠냐'고 자랑하는 작태.

확실히 검을 다루는 실력은 나쁘지 않았다. 실전에 들어가야 확실해지겠지만 나도 나름 칼밥을 먹었기에 자세만 봐도 대충 알 수는 있었다.

"한번 붙어보지."

슬쩍 검을 내리며 다가갔다.

적당히 체력도 붙었고 검에도 익숙해졌다. 남은 건 실전 감각이다. 이 몸을 활용해서 싸우는 데 차츰 익숙해질 필요가 있었다.

그러자 제프가 입꼬리를 말아 올렸다.

"괜찮겠어? 꽤 회복은 된 것 같지만 검을 다루는 게 영……."

며칠간 나를 지켜보고 내뱉는 소리다.

하기야 하이엔달의 검술은 복잡하다. 제삼자가 보기엔 칼춤 이상으로 여기기는 힘들 터였다.

게다가 차근차근 단계를 밟아 나가려고 천천히 행하는지라 오해를 사도 할 말은 없었다.

제프가 검술의 현묘함을 눈치챌 수준이었다면 또 모를까.

"자신 없나?"

"뭐? 내가? 허, 참. 내가 전장에서 죽인 숫자가 백을 넘겨. 일당백의 용사 제프! 그게 나라고!"

가슴을 떵떵 친다. 자신의 실력에 대한 자신감, 그리고 자만이 느껴졌다.

나는 무덤덤하게 말했다.

"그럼 내기를 하나 하지. 승자는 원하는 걸 얻고 패자는 승자가 바라는 걸 준다. 어떤가?"

"승자가 원하는 건 무조건 줘야 하는 거냐?"

"그렇다."

제프는 내가 든 검을 바라봤다.

분노와 황제의 검.

딱 봐도 평범하지 않아 보이는 무기다. 느껴지는 마력도 범상치 않았다. 검사라면 누구나 욕심을 낼 법했다. 여태껏 가만히 지켜만 보고 있던 게 대단한 거다. 침을 질질 흘리는 주제에 아무런 행동도 취하지 않을 줄은 몰랐다.

손을 대면 죽일 자신이 있었고 긴장감을 늦추지 않고자 일부러 꺼내 보인 건데 그다지 실효가 없었다. 하나, 공식적으로 기회를 줬다.

제프가 입술을 훑었다.

"그 검. 이기면 두 자루 전부 내가 갖지. 랜달프, 너는 내게 바라는 게 있나?"

"이기고 나서 말하마."

"영영 못 듣겠구먼. 흐흐."

동시에 제프가 거리를 벌렸다. 시미터 형태의 날이 굽은 검을 쥐고 히죽거렸다. 자신이 지리라는 생각은 전혀 없는 듯했다.

'지금의 상태로는 살짝 밀린다.'

객관적으로 분석했다. 나름 적응이 됐지만 살짝 부족하다. 그러나 이 부족함이야말로 내 성장의 원동력이 되어줄 것이었다.

그래……. 이기는 게 당연한 싸움은 재미가 없다.

"먼저 들어와라."

"하하! 후회할 텐데?"

내가 어깨를 으쓱하자 제프가 혀를 찼다.

선수필승. 먼저 때린 자가 이길 가능성이 높은 건 모든 싸움에 통용된다.

어이가 없겠지. 하지만 나는 나대로 체력을 조금이라도 아끼려는 작전이었다. 다행히 그 작전이 통했고 제프가 발을 놀려 내 품 안으로 들어왔다.

"흐랴앗!"

제프의 검술은 뛰어났다. 실전으로 제법 잘 다져져 있었다. 100명가량을 죽였다는 말은 거짓이 아닌 것 같았다. 하지만 그뿐이었다. 정교함에 있어서 아쉬운 점이 분명히 있었다.

힘의 배분, 상대의 허를 찌를 줄은 알지만 몇 수 앞까지 내다보진 못했다. 나는 천천히 몰이사냥을 하듯 제프를 몰아갔고 끝내 목에 검을 겨눌 수 있었다.

'힘들군.'

고작 10여 분 움직이는 게 전부였건만 진이 다 빠졌다. 무엇보다 나도 몸 곳곳에 상처를 입었다. 중요 부위만 방어하며 몰아갔기 때문이다.

"말도 안 돼! 분명히 내가 이기고 있었는데……?"

제프가 경악했다. 시종일관 자신이 우위에 서서 공격을 했다고 판단한 듯했다. 겉으로 보기엔 그렇겠지만 그것도 내가 의도한 바다.

나는 검을 내리며 짧게 말했다.

"앞으로 30일간 매일같이 제프, 너는 나와 싸워야 한다."

나날이 달라지는 몸 상태를 점검하기에 제프는 적합한 상대였다.

시간이 지날수록 싸움은 격해졌다. 내 몸 상태는 하루가 다르게 좋아졌고 덕분에 싸우는 시간도 짧아졌지만 그럴수록 제프는 필사적이 되었다.

"이 괴물 같은 놈!"

태엥!

20일이 지나갔을 때, 제프는 손에 쥔 검을 바닥에 내팽개

쳤다.

20전 20패!

심지어 이제는 1분도 버티지 못하니 골이 날 수밖에 없었다.

"그냥 나를 죽여! 그만 괴롭히고 죽이라고!"

"그럴 수는 없지."

"으…… 독하다, 독해. 콱 혀를 깨물고 죽어버려야지, 원."

자리에 주저앉아 제프가 한숨을 내쉬었다.

짝짝짝!

그때, 토리엄이 모습을 보였다.

"정말 대단한 실력이오. 하루가 다르게 실력이 느는 것 같소."

"오늘은 또 웬일이지?"

"걱정 마시오. 찾아오는 건 오늘이 마지막이니깐."

토리엄의 얼굴에는 그늘이 져 있었다.

그 말이 끝남과 동시에 제프도 고개를 푹 숙였다.

"무슨 일이 있나 보군."

"중부의 사령관 막달리가 남부로 진격하는 중이오. 제프와 나는…… 준비를 해야 할 것 같소."

"준비라?"

"이곳에 일궈 논 터전은 지켜야 하지 않겠소? 우리가 남부의 척박한 땅을 개척하며 살아온 게 벌써 50년이오. 지금 와서 포기할 순 없소."

토리엄의 눈빛이 거세졌다. 반드시 지키겠다는 강한 의지가 있었다.

"내가 돌아갈 방법은 찾지 못한 건가?"

제프와 토리엄이 전쟁에 나서면 나 혼자 돌아갈 방법을 찾아야 한다. 해서 물어봤는데 토리엄이 살짝 상기된 표정을 지었다.

"가능한 모든 방법을 동원해 찾아보았소. 그래서 한 가지 발견한 게 있긴 있소만……."

"듣고 싶군."

"실은, 말하지 않은 게 있소. 이 세계에 관한 진실이오. 너무나도 창피하여 차마 입 밖에 꺼내지 못했으나 지금 같은 마당에 마다할 게 뭐 있겠소?"

가만히 팔짱을 꼈다. 얘기를 꺼내 보라는 태도로 지켜보았다.

토리엄이 이어서 입을 열었다.

"이 세상은 가짜요. 나락군주가 만들어낸 가짜 세상이오."

"……나락군주?"

저도 모르게 말했다.

나락군주. 익숙한 이름이 아닌가!

그러거나 말거나 토리엄은 엄숙한 태도를 일관했다.

"그림자 황제라고도 불리는 아주 무서운 사람이오. 이미 죽었지만, 신위를 얻고 신이 되어 이 세계를 올바른 길로 이끈다는 그 사탕발림에 속아 우리는 이곳에 들어왔소. 실제로 나나 제프는 그를 본 적조차 없소만…… 하여간, 사령관들은 이 세계와 그의 보물 창고를 지키는 존재이오. 언젠가 돌아올 자신의 신을 위해 이 세계를 유지시키는 게 그들의 역할이오. 하나 시간이 지나자 그들은 변질되었소."

토리엄은 한숨을 푹 내쉬었다.

"서로가 나락군주의 보물 창고를 얻겠다며 '정통성'을 내세우기 시작한 것이오. 하지만 나락군주의 보물 창고는 모든 사령관이 동의했을 때에 열리오. 돌아갈 방법이란 이것이오. 보물 창고가 열리면 세계 자체에 변화가 생길 것임은 자명하니 말이오."

방법에 대해 나열한 토리엄이 고개를 절레절레 흔들었다.

"모든 사령관이 동의하면 열린다는 말은, 다른 사령관 모두를 죽이면 홀로 열 수 있다는 뜻이 되기도 하오. 몇몇 사령관이 그것을 알아챈 이후 전쟁을 일으켰소. 끝나지 않는 길고 긴 전쟁이 시작……."

"잔혹한 사령관 막시움."

토리엄이 끝맺으려는 순간 내가 말했다. 그러자 토리엄의 눈이 더없이 커졌다.

"그 이름을 어떻게?"

"그도 중부에 있나?"

"그, 그렇소……! 그가 바로 전쟁을 선포한 중립의 사령관이오!"

아아.

조금씩 안개가 걷혀간다. 이곳은 내 심장과 관계가 많은 곳이다. 그리고 잔혹한 사령관 막시움이라면 내가 업적 상점에서 불러들인 기사였다.

이제는 무엇을 해야 할지 알 것 같았다. 알 수 없는 세계에 떨어졌다고 생각했는데, 마냥 이유가 없지는 않은 듯싶다.

토리엄이 창백해진 얼굴로 말했다.

"나는 그 이름을 입에 담은 적이 없소만 어찌 아는 것이오? 그 이름은 우리에겐 공포의 대명사요. 여태껏 그는 전쟁에 참여하지 않았지만, 그의 진면목을 본 자도 극소수라 하지만, 그럼에도 우리들 사이에서 그는 금기와 같다오. 제프가 그 이름을 꺼냈으리란 생각은 안 드니……."

이어 조심스럽게 시선을 돌려 나를 바라본다.

나는 황제의 검을 높이 들었다. 이 검은 막시움의 검이다. 그가 내게 준 것이었다. 그리고 진짜 정체는 나락군주가 사용하던 무기였다.

"토리엄. 이 전쟁, 나도 참가하겠다."

조용히.

그러나 무게를 담아서 말했다.

돌아갈 방법이 진정 하나뿐이라면…….

내 스스로 이 멈춰 버린 세계를 움직이게 만들어야겠다.

Chapter 41

바람이 불다

토리엄은 모습을 바꿔야 한다며 바쁘게 재료들을 조달했다.

"지금부터 조금 변장을 시킬 것이오. 생자임이 발각되면 일이 복잡해지니……."

재료들이라 부른 것은 모두가 화장용품이었다. 붓을 든 토리엄을 보고 말했다.

"이런 재주도 있었나?"

"이야기만 하면서 살 수는 없지 않소? 부업 겸 광대들을 분장시키기도 했소."

나름 다재다능했다. 제프가 할 줄 아는 것이라곤 검 조금 휘두르는 것밖에 없는데, 그에 비교하면 하늘과 땅 차이이다.

'분장이라.'

나쁘지는 않았다. 보정 능력치는커녕 본래의 힘도 회복하지 못한 작금의 상황에서 일을 복잡하게 키울 필요는 없었다. 적과 아군을 구분하기 어렵다. 시스템에서 잠시 벗어났었기에 막시움과 다시 만나도 전과 같은 관계가 지속되리라곤 장담할 수 없었다. 그러니 토리엄과 제프에게 막시움과의 친분을 토로하는 것도 위험 부담이 컸다. 이름조차 부르는 것을 꺼리지 않았던가.

'상황을 살필 시간이 있어야 한다.'

나는 이 세계에 관해 자세히 알지 못한다. 가짜 세계, 나락군주가 만든 장소. 그게 전부다. 토리엄에게 들은 몇 가지 이야기로 전부를 추론하는 건 불가능했다. 그러니 내 눈으로 직접 확인하고 계획을 세우는 게 가장 현명한 선택이었다.

"심장 소리는 감출 수 없을진대?"

하지만 분장을 한다고 해도 소리는 감출 수 없었다. 살아 있으면 나오는 자연스러운 소리들이 이곳에선 상당히 어색하게 들릴 것이므로.

그러자 토리엄이 고개를 저었다.

"걱정 마시오. 그 문제도 해결할 수 있소."

"자신만만하군."

토리엄이 바지 주머니 안에서 작은 물병 하나를 꺼냈다. 붉은 피가 물병 안에 가득 들어 있었다.

"'천둥새의 피'요. 이 피를 바르면 소리가 외부로 잘 흘러나가지 않소."

"방음벽 같은 거로군."

"방음벽?"

"그런 게 있다."

나도 잘은 모른다. 인간들이 사용하는 물건들 중에 그런 것이 있다는 정도만 알 뿐이었다.

"흠흠, 나중에 그 방음벽이라는 게 뭔지 꼭 알려주시오. 이야기꾼으로서 간과할 수 없소. 하여간, 이 피를 전신에 조금씩 덧바르면 장기에서 나는 소리들을 감출 수 있을 것이오."

"숨을 쉬는 건?"

"하등 문제가 되지 않소. 우리들도 가끔 숨을 쉬니까. 생전의 버릇 같은 것이오."

토리엄이 화장 도구들을 정리하고 잠시 내 얼굴을 바라보더니 이어서 입을 열었다.

"그럼 시작하겠소."

이어서 붓을 들고 내 전신에 붓질을 하기 시작했다.

'검술이 따로 없군.'

정교하기 짝이 없어서 마치 검술을 보는 기분이었다.

작업 시간은 꽤 길었다.

한 시간 정도.

모든 게 끝나자 토리엄이 이마를 쓸었다.

"다 됐소. 웬만한 눈썰미가 있지 않고선 알아보기 힘들 것이오. 매일 보수를 하고 일주일에 한 번은 크게 고쳐야 하는 번거로움이 있기는 하지만……."

슬쩍 거울을 내밀었다. 나는 가만히 거울에 비친 모습을 바라보곤 고개를 주억였다. 언데드처럼 보랏빛을 띠긴 했지만 강해 보이는 인상이다.

"이게 끝인가?"

"아직 제프가 해줄 일이 남았소. 이제 올 시간이 되었는데."

도구들을 정리하고 잠시 기다리자 산을 타며 누군가가 올라왔다.

제프였다. 네모나게 각이 진 무언가를 손에 쥔 채 휘두르며 달려오는 중이었다.

"망할 용병 새끼들! 좀 빌려 달라면 곱게 줄 것이지, 이까짓 것 하나 구하자고 젤림의 나뭇가지를 다섯 개나 처받아가? 에라, 이 도둑놈들!"

지근거리에 다다른 즉시 제프는 욕지기를 내뱉어댔다. 인상을 잔뜩 찌푸리고 있는 게 심기가 많이 안 좋은 모양이었다.

"그건 뭐지?"

손에 든 천으로 시선을 옮기며 내가 묻자 제프가 그것을 내밀었다.

"받으슈. 아주 귀한 인장이니 잃어버리지 말고."

"용병의 인장이오."

부족한 설명을 토리엄이 보충했다. 가만히 징표를 받아 들고 살폈다. 돌을 깎아서 만든 것 같았다. 가운데에 손톱 문양이 양각되어 있었다. 이것을 나에게 준 저의는 간단했다.

"용병이 되라는 거로군."

"말했다시피 기나긴 시간 동안 멈춰 있던 세계이오. 영주는 마을 내에 있는 모두의 얼굴과 이름을 알고 있소. 외지인이 나타나면 경계를 하는 게 당연하고 지저 세계를 떠돌아다니는 이들은 용병뿐이니 어쩔 도리가 없소."

"마음에 든다."

징표를 쥐었다. 어딘가에 구속되지 않고 돌아다니는 이 직업은 나로서도 꽤 흥미가 있었다. 마계에 있을 때에도 비슷한 위치에서 활약을 했기 때문이다.

내가 거부라도 할 줄 알았을까? 토리엄이 안도의 한숨을 내쉬며 말했다.

"……인장은 왼쪽 가슴팍에 달면 되오."

인장의 뒤편이 끈적이는 걸로 보아 그냥 붙이면 되는 것 같았다. 인장을 왼쪽 가슴팍에 붙이고 난 뒤 나는 토리엄을 바라봤다.

"꽤 적극적이군."

"무엇이 말이오?"

"나를 대하는 태도가."

제프와 토리엄. 처음부터 둘은 내게 적의가 없었다. 혹시

나 싫어서 분노와 황제의 검이라는 보물을 내놨지만 잠깐의 의혹은 있을지언정 탐욕을 드러내진 않았다.

지난 20일간 나는 이들에게 준 게 없다. 이야기 조금 해준 것과 대련을 방자한 싸움을 한 게 전부다. 그럼에도 이처럼 나를 변호해 준다. 단순한 호의라고 생각하긴 어렵다.

"그것은……."

꿀꺽!

침을 삼킨 토리엄이 가까스로 입을 열었다.

"내 이야기의 정점을 찍어줄 것이라 생각해서이오."

"이야기꾼으로서의 호기심인가?"

"가짜가 아닌 진짜를 보고 싶었소. 내 이야기는 모두 지어낸 것에 불과하니까. 이 거짓된 세계에서 진실된 하나의 서사를 내 눈으로 바라보는 게 가능하다면, 무엇인들 못 하겠소?"

"그래서 보물 창고였군."

"다른 방법이 없는 건 사실이오. 그리고…… 그것이 내 기나긴 여행의 마침표가 되어주리라 믿어 의심치 않소."

그는 지쳐 보였다. 하기야 나락군주가 만든 세계라면 처음의 시기가 언제인지 감도 잡히지 않았다. 그저 오래되었으리란 짐작만 할 수 있었다.

"이 여행이 끝나면 죽을 셈인가?"

단순한 궁금증이다. 죽기 위해 나를 돕는다는 게 호기심을 유발한 것이다.

토리엄이 처연하게 웃었다.

"나는 이미 죽은 자요. 하나, 그와는 별개로 이제 그만 안식을 얻고 싶소. 나를 포함한 모든 이가 그저 걸어 다니는 시체에 불과하오만…… 그럼에도 안식을 얻지 못하고 있는 것은 저마다의 '바람'이 있기 때문이오. 이 세계에는 자신의 바람을 이루지 못한 자들밖에 남지 않았소."

바람, 꿈, 희망, 그런 걸 말하는 것이다.

토리엄은 내게 모든 것을 걸었다.

어느 날 갑자기 떨어진 생자. 가파르게 회복하는 것을 보면서 죽었던 희망을 살렸겠지. 그의 죽은 눈에서 열기가 느껴졌다. 이에, 나는 천천히 입을 열었다.

"그렇다면 죽기 위한 여행이 되겠군."

"이미 죽었다 하지 않았소? 뭐…… 계속 따지는 것도 이상하니 그렇다고 합시다."

이야기가 정리되자 나는 검집에 분노와 황제의 검을 넣고 몸을 돌렸다.

"가자."

"어디로 가야 하는지는 아시오?"

"안내해라."

"……."

너른 황야.

보이는 것이라곤 거친 흙과 먼지밖에 없었다. 그 위에 제법 큰 규모의 마을이 세워졌다. 돌을 이용해 만든 집 이백여 채가 둥글게 모여 있었다.

"조용하군."

나는 조용히 그 정경을 바라보다가 말했다. 마을은 썰렁했다. 거리에 돌아다니는 이가 하나도 없었다.

"지금쯤이면 모두 영주성에 있을 것이오."

"전쟁 준비를 하는 건가?"

"맞소. 우리 중에 아이가 있는 것도 아니고, 마을에 남아 있을 이유가 없지 않겠소?"

고개를 주억였다. 토리엄의 말마따나 언데드는 죽은 몸이다. 그런 상태로 오랜 시간을 보내면 아이가 있을 수가 없었다. 남녀 간의 역할이란 것도 사라졌을 터였다.

그때 토리엄이 조심스럽게 말했다.

"궁금해서 묻소만, 그 말투는 바꾸지 못하는 것이오?"

"왜 그런 걸 묻지?"

"영주님 앞에서 일반 언데드는 말을 높여야만 하오."

"상대가 누구든 이 말투가 바뀐 적은 없다."

마신 데스브링어 앞에서조차 지금의 말투를 유지한 게 나다. 억지로 바꾸려 하면 말이 나가질 않는다. 내 의지는 확고했다. 그것을 토리엄도 알았다.

"그럼…… 최대한 조용히 있어주시오. 나와 제프가 해결해 보이겠소."

옆에선 제프가 덩달아 고개를 끄덕였다. 아무래도 이곳의 영주는 제법 까다로운 이인 듯했다.

영주성은 컸다. 내 던전에 비할 바는 아니지만 족히 이천 명 정도는 들어갈 것 같았다. 제프와 토리엄의 얼굴을 확인한 경비병이 성문을 열어주었다. 성의 내부로 들어가자 얼마 안 있어 웅성대는 소리가 들려왔다.

"이런, 젠장! 사령관 막달리의 별명을 잊었나? 고집쟁이라고! 고집쟁이 막달리! 한번 얻으려는 건 무슨 수를 써서든 얻고 마는 악랄한 놈! 병력만 십만에 이르는 최고 사령관 중 하나란 말이다!"

"그럼 도망가자는 거야? 50년 동안 공들인 이 땅을 버리자고? 이 빌어먹을 놈아!"

"다른 건 차차하고 우리 영지로 쳐들어오는 놈도 만만치 않아. 듀라한 소믈렘! 우리 같은 일반 좀비와는 격이 달라!"

"그, 그래도 영주님께선 구울로 승격하신 분이지 않나? 해골 병사도 다수 보유……."

성의 중심부.

공터와 같은 곳에 천 명에 달하는 언데드가 모여 있었다. 그 옆, 거대한 의자에 앉은 영주는 가만히 그들의 회의를 지켜보고만 있었다. 영주는 구울이었다. 좀비에서 한 단계 더 나아간 형태. 그 옆에 두 마리의 해골 병사가 자리 잡고 있었다.

토리엄이 설명했다.

"우리의 회의는 대개가 이런 식이오. 가운데 보이는 탁자에서 마을 최고 실력자 20명 정도가 작전을 짜고 영주님께 보고하지. 보통 반나절 정도가 걸리……."

"제프! 이 새끼, 왜 이리 늦었어?"

말이 끝나기도 전에 식탁 주변에서 열띤 토론을 벌이던 한 명이 다가왔다. 선이 굵은 좀비다. 제프는 볼을 긁적였다.

"기다려 봐. 우선 소개하고 싶은 사람이 있는데……."

다가온 좀비가 내 왼쪽 가슴팍에 달린 인장을 보고 말했다.

"소개? 아, 옆에? 확실히 처음 보는 것 같긴 하네. 용병인가?"

"실력이 상당해. 너도 겪어보면 깜짝 놀랄 거다."

"용병이라…… 그다지 믿음이 안 간다. 전쟁 터지기 전에 가망이 없다고 다 도망갔잖아? 그전까진 마을에서 실컷 거들먹거렸으면서 말이지."

"그건 네가 그런 놈들만 봐서 그런 거고. 내가 데려온 용병은 진짜야!"

"제프, 네가 보증하는 건가?"

"그래, 내가 보증한다. 백 인분의 용사 제프 님께서 보증

한다고!"

"제프의 보증이라면 한번 속아보지."

"고놈 참 말을 해도!"

경박해 보이지만 제프는 나름 마을에서 인정을 받고 있는 듯싶었다.

"이리 오슈. 그냥 옆에서 구경만 하고 있으면 돼. 알지? 괜히 위압적으로 말하면 그다지 좋은 꼴 보기는 힘드니까…… 그냥 이런 식으로 돌아가는가 보다, 정도만 파악해 두라구."

제프가 내 손을 끌고 이동했다. 탁자 위에는 커다란 지도가 놓여 있었고, 마을의 위치와 적의 위치가 표시되어 있었다.

짝!

나와 제프는 데려온 남자가 박수를 한 차례 치며 분위기를 이끌었다.

"상대는 듀라한 소믈렘이다. 병력의 숫자는 대략 천. 구성은 일반 좀비 구백, 해골 병사 구십, 해골 법사가 십쯤! 여기에 천인대장 듀라한 소믈렘까지. 대략 삼 일 후면 영지에 다다른다. 우리의 숫자는 오백 조금 안 되고, 대부분이 좀비. 좋은 의견 있나?"

"아, 글쎄. 수성밖에 답이 있냐니까? 우리가 뭘 먹거나 마셔? 그냥 버티면 돼!"

"소믈렘이 얼마나 무식한 놈인지 몰라서 그래? 이런 얇은 성벽쯤은 그냥 돌파해 버릴 거다!"

"함정을 파야지!"

의견 통합이 좀처럼 되지 않았다. 하지만 나는 그들의 말소리를 무시한 채 지도만 뚫어져라 쳐다보고 있었다. 주변만 표시해 놓은 지도라 지저 세계의 전부를 볼 수는 없었지만, 쳐들어오는 경로는 훤히 보였다.

'마수의 격은 비슷할 테지.'

듀라한. 상급 1Lv의 마수.

어렵겠지만 상대가 불가능한 수준은 아니다. 상태창이 안 떠올라서 정확하진 않으나 그래도 듀라한과는 괜찮은 일전을 벌이는 게 가능할 것 같았다. 병사를 이끄는 대장의 수준이 그쯤이라면 그다지 어려운 싸움도 아니다.

촤르륵!

분노를 꺼내 한 바퀴 돌렸다.

푹!

그리고 지도의 한 지점을 찍었다.

"이게 뭐 하는……?"

순간 정적이 찾아왔다. 탁자 주변에 위치한 이들, 작전 회의를 지켜보던 언데드들, 심지어 영주마저 내게 시선을 주고 있었다.

나는 분노를 쥐었다.

그리고…….

꽈아악!

지도와 탁자를 상당 부분 갈랐다. 나는 세로로 찢겨진 부분을 가리키며 말했다.

“여기서 여기까지. 내가 뚫겠다. 나머진 알아서 하도록.”

정적은 짧았다. 곧이어 주변의 언데드들 모두가 웅성대기 시작했다.

“저거 뭐하는 놈이야?”

“선제공격? 자살 특공대라도 된대?”

“저놈 누가 데려왔어!”

반응은 좋지 않았다. 처음 보는 이가 마을의 회의에 참석한 것도 모자라 말도 안 되는 의견을 자랑스럽게 내놓았다. 좋을 수가 없었다.

제프의 표정도 굳었다. 토리엄은 이마를 짚었고, 여기서 변호를 했다간 같이 치도곤을 당할 판이다.

“그만!”

그때, 지켜만 보던 영주가 자리에서 일어났다. 좀비보다 두 배는 커다래 보이는 몸집. 구울이다.

“오랜만에 패기가 넘치는 언데드로군. 선제공격이라. 실력에 그토록 자신이 있나? 보아하니 아직 일반 좀비인 것 같은데?”

나태한 얼굴. 의자에서 내려와 천천히 내게 다가온다. 나는 분장을 한 상태였다. 조금 사나운 인상이긴 하지만 기본 토대는 좀비였다.

"평범한 '격'의 상승과 모습의 변화에는 크게 관계가 없다."

격의 상승이란 외부가 아니라 내부가 변화하는 것이다. 본질이 특화되며 강화되는 것이었다. 그 변화가 무척이나 크면, 그때엔 외부로 튀어나오기도 한다. 좀비에서 구울로 모습이 바뀌었대도 결국 크기만 조금 더 커졌을 따름이다. 두드러지는 변화조차 아니다. 힘의 상징이라 할 수 있는 그 어떤 징표도 없었다.

예컨대 내가 타락을 사용하고 두 개의 뿔과 날개가 생긴 것이 진정한 '격'의 변화라 할 수 있겠다. 힘이 축약되어 튀어나온 것들이니 크기가 조금 커진 것과는 비교조차 안 된다.

"그 말은 나를 이길 수도 있다는 뜻이로군."

"진정으로 이곳을 지키고 싶다면 나를 따라라. 이곳을 지켜주마."

선심이라도 쓰는 양 분노를 꺼내 들고 말했다. 그것을 본 해골 병사들이 움직이며 나를 감쌌다.

"허허허! 그 패기 하나는 인정할 수밖에 없겠구나. 어디 그럼, 그 잘난 실력을 좀 볼까? 만약 별거 아니라면 해골 병사들이 너의 사지를 찢어발길 것이다. 처음 보는 용병아."

해골 병사의 숫자는 일곱.

정말 별거 아니었다. 고작해야 하급 마수였고 강해져 봤자 중급 이하 레벨 수준이다.

나는 가만히 주변을 둘러보았다. 나 홀로 적진을 전멸시키고 승전보를 울리는 것은 힘들다. 어찌 됐든 이들의 도움이 필수다. 설령 도우고 싶지 않더라도 필요에 의해 도울 수밖에 없도록. 그러기 위해선 나 자신을 확실하게 어필하는 게 먼저다.

그러려면 무엇을 해야 할까.

"우습군."

지난 20일간 나는 하이엔달의 검술에 조금 더 익숙해질 수 있었다. 도리어 보정 능력치가 없고, 마력이 적은 지금에야 더욱 쉬워졌다. 달빛 낙하를 사용하진 못하지만 검술 자체에 깃든 힘도 무시할 수 없다. 그러나 고작 이런 마수들을 위해 하이엔달의 검술을 사용하는 건 아깝다.

나는 분노를 집어넣었다.

그리고…….

콰직!

주먹을 놀렸다.

콰드득!

애당초 해골 병사 따위가 내 속도를 잡는 건 무리다. 안면을 타격해서 확실하게 부쉈다. 주먹 한 방에 해골 병사 하나가 나자빠졌다. 일곱을 정리하는 데 채 20여 초가 들지 않았다. 주먹에 묻은 뼛조각을 털어내고 토리엄을 바라봤다.

"궁금한 게 있다. 영주는 어떤 식으로 선발되는 거지?"

"……본래는 남부 사령관의 부하들이 맡지만 이런 변방의 영지에 그들이 올 리가 없으니 우리는 가장 강한 자를 영주로 모셨소."

토리엄의 표정은 경악 그 자체였다. 하기야 제프와 대련하며 보여준 건 빙산의 일각이다. 모든 걸 드러낼 정도의 상대도 아니었거니와 적당히 몸 상태를 살필 수만 있으면 그만이었던 탓이다.

물론 제프도 해골 병사 일곱쯤은 상대할 기력이 된다. 하지만 그것을 맨손으로 20초 안에 해내는 건 불가능하다.

나는 해냈다. 괜히 듀라한과 일전을 벌일 만하겠다고 판단했겠는가. 나름 자신이 있으니까 움직인 것이다.

"강자를 영주로 모신다. 마음에 드는군."

"물론 50년간 영지를 돌본 공로는 크오. 그것을 뒤엎고 새 영주가 되려면 우리에게 그만한 힘을 보여줘야 하오."

토리엄이 말했다. 한마디로 어중간해선 안 된다는 뜻이다.

그것도 마음에 든다. 얇게 웃었다. 싫어도 따르게 하려면 내가 영주의 자리를 차지하면 되지 않겠는가.

"무능한 자는 위에 서 있을 자격이 없지."

"영주와 마을 최고 실력자 스물을 상대할 수 있겠소? 죽이지 않고서 말이오! 그렇다면 내 기꺼이 따르리다!"

내 생각을 눈치챈 토리엄이 판을 깔았다. 선수를 치며 언데드들이 판단할 시간을 뺏었다. 장구한 서사를 직접 보고 싶다더니 그 바람은 꼭 이뤄 주리라.

"확실히 한가락 하는구나! 하나 해골 병사 일곱 잡은 정도로 우쭐해하지 마라!"

당황한 영주가 거대한 검을 빼 들었다.

그 옆으로 눈치를 보던 최고 실력자 스물이 모였다.

제프도 포함되어 있었는데, 다른 이들과 달리 해맑아 보인다. 방금 전 내가 나설 때까지만 해도 죽을상이었지만…….

"20전 20패의 설욕을 드디어 갚겠어!"

과연, 이유가 있었다. 공터의 중심부가 빠르게 비워졌다. 나는 대치하며 일렬로 선 이들을 바라봤다.

21 대 1.

거기다 해골 병사보다 강한 자들이다. 그러나 상대하지 못할 것도 없었다.

'죽이지 않는 게 더 힘들겠군.'

나는 분노를 꺼내고 잠시 멈칫했다. 죽이지 않고 이기는 게 과제였다. 이기는 것 자체는 당연한 일이지만…….

힘 조절이 잘될지 모르겠다.

Dungeon Hunter

듀라한.

3m 크기의 거구이며 자신의 얼굴을 들고 다니는 언데드 중에서도 상위의 종.

"이런 코딱지만 한 영지에 나를 투입하다니 막달리 님의 의도를 모르겠어."

그리고 소믈렘은 천에 달하는 병력을 이끄는 대장 듀라한이었다. 그는 마음에 안 드는 게 많은 양 쉴 새 없이 투덜거렸다.

사령관 막달리의 전력이라면 남부를 깡그리 밀어버리는 것쯤은 간단하다. 그러나 손실을 최소화하고자 넘치는 병력으로 급습만을 반복했다. 하여 남부는 막달리에게 이리저리 휘둘려 다니는 중이었다.

문제는 남부라고 다 같은 남부가 아니라는 점이었다. 목표 지점에 다가갈수록 느는 건 한숨뿐이었다.

"변방 중에서도 변방이야. 후우……."

보이는 거라곤 황무지가 전부였다. 며칠 내내 달려왔음에도 이 광경은 변할 줄을 몰랐다. 이제 고작 반나절 거리였지만 도착해 봤자 똑같을 것 같았다. 그래도 남부군에 포함된 영지이고, 사령관 막달리의 명령이다. 소믈렘으로선 거부할 권리가 없었다.

"항복 권유를 하고 올까요?"

해골 법사가 말했다. 소믈렘은 손에 든 자신의 얼굴을 올려 눈높이를 맞힌 뒤 말했다.

"권유? 필요 없다. 다 쓸어버려서 이 울분을 삭여야겠다."

적의 전멸!

그것만이 이 답답한 속을 조금이라도 풀어줄 것 같았다.

소믈렘이 거대한 흙빛의 대도를 어깨에 두를 때였다.

"소믈렘 대장님, 무언가가 다가옵니다."

"나도 봤다."

누군가가 빠르게 이쪽을 향해서 달려오는 중이었다. 홀로 겁 없이 일천의 병사에게 돌진하고 있는 것이다.

"미친놈인가?"

소믈렘이 저도 모르게 중얼거렸다. 상대는 점점 가까워졌고 멈출 생각은 없어 보였다.

해골 병사들이 활을 들었다. 이어 활시위를 당기자 강력한 독을 품은 화살이 일제히 쏟아졌다.

하지만 멈추지 않는다. 도리어 점점 빨라진다.

"미친놈이군."

소믈렘이 웃었다. 한 가지 확실한 건 저 달려오는 놈은 결코 무사할 수 없다는 것이었다.

콰앙!

부딪혔고, 그 순간 무언가 터지듯 커다란 소리와 함께 병사들이 쓸려 나갔다.

선을 그은 장소.

거기까지 홀로 뚫어낼 작정이었다.

'더 빠르게.'

신선한 기분이었다. 한 차례 격돌한 뒤 나는 순수한 검술만으로 적들을 압도하고 있었다. 아무런 스킬도 보정 능력치도 없이. 오로지 육체적 능력과 검술만을 사용해서.

현재의 한계를 넘어 계속하여 스스로를 몰아붙인다. 가속하듯 속도가 붙었고 근육이 비명을 내질렀다.

'더 강하게.'

콰악!

있는 힘을 다해 검을 놀린다. 이래선 오랫동안 싸울 수 없음을 알지만 개의치 않았다. 몰아붙이면 몰아붙일수록 나는 단련된다. 한 치 앞을 모르는 아슬아슬한 싸움! 목숨을 내건 투쟁만이 빠르게 강해질 수 있는 원동력임을 잊고 있었다. 다시 약해진 다음에야 그것을 깨닫고 되찾은 것이다.

'나는…….'

듀라한 소믈렘!

한 손에는 자신의 얼굴을, 다른 손에는 거대한 대검을 든 그가 무거운 몸을 움직였다.

"이노옴! 살아 돌아갈 생각은 마라!"

홀로 200이 넘는 언데드를 학살했다. 지정한 지점까지 이제 코앞인 상황. 그런데 소믈렘이 막아섰다. 이 역시 상관은 없다. 오히려 적절한 시기에 찾아왔다.

한참 힘이 빠지고 지칠 때 가장 강한 녀석을 처리한다. 질 수도 있지만 이기면 그만큼 나는 성장하며 달성감에 취할 수 있다.

'더욱 강해지리라.'

채에엥!

검과 대검이 부딪혔다.

그 순간.

"와아아아!"

"다 죽여 버려!"

"영주님을 돕자!"

내가 뚫어놓은 길 사이로 응원군이 도착했다.

소믈렘은 일반적인 듀라한보다 1레벨가량 강했다. 이 수준이라면 충분히 상급 2Lv로 책정되어도 이상할 게 없을 듯 싶었다. 하지만 예상 범위였고 나는 이를 악 물었다.

쾅!

힘과 힘의 대결에선 내가 다소 밀린다. 한 차례 크게 밀려 땅 위를 굴렀다. 근처의 해골 병사에게 허벅지를 꿰뚫렸고 가슴에도 화살을 한 대 맞았다.

'익숙하다.'

상처, 고통은 아무렇지도 않다. 그런 것으로는 나를 멈춰 세울 수 없었다. 벅지에 박힌 검과 가슴의 화살을 빼내고 분노를 들었다. 거동이 조금 불편해졌지만 아직 싸움이 한창이었다.

"막달리 님을 위하여!"

소믈렘은 자신이 승기를 확실하게 잡았다고 생각했는지 검을 번쩍 추켜올렸다. 사령관 막달리의 이름을 부르며 자신의 충성심을 재차 확인했다.

막시움이 떠오르는 장면이다. 그도 저와 비슷한 자세로 '황제 폐하를 위하여!'라 말했다. 나는 그가 애타게 부르던 황제는 아니었지만 황제의 심장을 가지고 있었다.

이 심장은 쉽사리 멈추지 않는다. 내 성향과 비슷하다. 그래서 이질감이 없다. 위기의 순간일수록 더욱 강해지는 건 나나 심장이나 매한가지였다.

"그래 봤자 발악이다!"

승리를 확정지었지만 결판이 나지 않자 소믈렘의 표정이 썩었다. 쓰러지지 않는 나를 바라보며 질린다는 기색을 보였다. 그리고 그 기색은 점점 변해갔다.

시간이 지나자 썩은 표정은 놀라움으로, 놀라움은 경악으로 번졌다.

"이놈……!"

"후욱!"

크게 숨을 내쉬며 분노를 들었다. 그 끝에 소믈렘의 머리가 꽂혀 있었다. 듀라한을 죽이려면 심장과 머리를 전부 파괴해야 한다.

"이제 몸통만 제거하면 되겠군."

"죽여 버리겠다!"

콰악!

대노한 소믈렘의 머리를 정확히 두 쪽으로 갈랐다. 이후 돌격하는 몸통의 발밑에 반쪽 난 얼굴을 던지며 입가에 미소를 띠었다.

"와아아아!"

"이겼어! 이겼다고!"

"영주님 만세!"

"랜달프 브뤼시엘 님 만세!"

투입된 400명.

그중 200명가량이 살아남았다.

반면 적은 전멸했다.

대승이다.

"진짜 혼자서 중심을 뚫어버릴 줄이야……."

"소믈렘과 싸우는 걸 봤나? 소름이 다 돋았어!"

분노를 집어넣고 내가 다가서자 가장 먼저 나를 반긴 건 토리엄이었다.

"승리를 축하합니다."

"말투가 바뀌었군."

"영주님에게 일반 언데드는 말을 높여야 합니다."

기억이 난다. 산에서 내려와 마을에 들렀을 때 토리엄이 말한 적이 있었다.

"이제 진짜 영주가 된 건가?"

"홀로 적진의 중심까지 뚫어내면 그때 도우라 하셨지요. 그렇지 못한다면 그냥 도망가도 된다고요. 우리는 참전했습니다. 그것은…… 우리 모두가 랜달프 님을 영주로 받아들였다는 걸 의미합니다."

이곳에 모인 건 400명.

100명은 성에서 대기 중이었다. 혹시 모를 사태에 발을 빼고자 도망갈 준비를 해놓은 것이다.

나도 허락한 부분이었다. 어차피 이 공격의 요점은 내가 적의 진열을 뚫느냐 마느냐에 있었다. 뚫지 못한다면 공격해 봤자 다 전멸할 따름이었다.

"남부 사령관님께 전령을 보내겠습니다. 영주가 교체되었다는 걸 알려야 합니다. 어차피 알아서도 잘 돌아가던 마을이라 영주님께서 따로 할 일은 거의 없을 겁니다."

"전 영주를 따르던 100명이 아직 남았다."

성 내에 남아 있는 100명. 구울을 따르던 이들이다. 내 힘을 봤으나 계획에는 찬동하지 못한 이들.

토리엄이 씁쓸하게 웃었다.

"대세는 막지 못하는 법입니다. 그보다…… 오늘은 축제가 벌어지겠군요. 다들 들떴습니다.”

남은 언데드 모두가 나를 바라보고 있었다. 이런 시선이 썩 나쁘지는 않았다.

“아, 어쩌면 우리 영지가 막달리의 공격을 막아낸 최초 사례일지도 모릅니다. 남부 사령관께서 이 사실을 알게 되거든 영주님에게 따로 연락을 취할 수도 있으니 미리 알고 계십시오.”

“알겠다.”

대충 답했다. 나도 지쳤다. 쉬는 게 최우선이다.

다시 마을을 향해 발길을 옮겼다. 그 뒤에서 토리엄이 작게 말했다.

“……바람이 불기 시작했습니다. 모두에게 안식을 가져다 줄 바람이.”

Chapter 42

칠 대 죄악, 황혼의 대장장이 오스웬

성 내에서 대기하던 100명.

그들의 대부분은 승전보를 듣고 내게 편승했다. 이전의 영주는 잔뜩 굳을 표정을 짓고선 나의 가신을 자처하였다. 그 밖에 방법이 없음을 알고 있는 것이다. 말도 안 되는 승리를 이뤄냄으로써 나는 훨훨 날고 있었다. 여기서 나를 적대라도 했다간 그나마 유지하던 모든 걸 잃게 될 공산이 컸다.

그날 저녁, 파티가 벌어졌다. 언데드의 파티라고 해봤자 별게 없었다. 살아생전 인간이었기 때문인지 젤림의 나뭇가지를 먹으며 춤이나 대련 따위를 하는 게 전부였다. 그나마 지구에서의 파티보다는 재미가 있었다.

잠시의 휴식을 가진 뒤 나는 검술에 매진했다. 영주에겐 따로 마련된 넓은 방이 있었고 그곳에서 전투를 떠올리며 복기를 하는 중이었다.

'조금씩 각이 잡혀가는 것 같군.'

초심을 되찾았다. 그러자 보이지 않던 것들이 보이기 시작했다.

'하이엔달의 검술은…… 내 자신을 비워야 완성할 수 있다.'

아이러니하게도 하이엔달의 검술은 사용자가 강할수록 완성하기가 어렵다. 흉내는 낼지언정 그 속에 담긴 진수를 알아볼 수 없는 것이다. 타락을 사용했을 때조차 1%가 비었다. 그 부족했던 부분을 나는 서서히 깨달아 가고 있었다.

어쩌면 아리엘 디아블로는 그것을 알았기에 변형을 시도했을 수도 있었다. 약자의 입장이란 것을 그녀는 전혀 모르기 때문이다.

어차피 완성할 수 없다면 내 식대로 만들어 보자고.

하지만 나는 다르다. 그의 모든 걸, 온전히 있는 그대로 잡아먹고 싶었다.

'이 검술에는 그의 생이 담겼다.'

이해.

그래, 그것이 필요했다. 처음부터 강한 자는 거의 없다. 하이엔달도 마찬가지였다. 강해지고자 평생을 연마한, 오직 하나의 검술. 매일 밤 쏟아지는 달빛만이 유일한 안식처가 아니었을지.

수악!

검을 휘둘렀다. 달은 보이지 않지만, 하이엔달의 모습이 천천히 새겨진다. 불후의 검사. 검으로는 대적할 자가 없다고 전해지는 이. 그러나 그 이명을 얻기 이전은 어땠던가.

'강해지고 싶었다.'

그의 삶을 나는 조금이나마 알고 있었다. 전쟁 노예로 팔려 나가 밑바닥에서부터 올라갔다. 아군의 시체를 방패삼아 살아남았고, 필사적으로 적의 기술을 익히려고 애썼다.

나 자신과 닮지 않았나. 그는 전쟁터에서 배운 모든 걸 종합하여 하나의 검술을 만들어냈고 나는 끝내 안주했다는 것이 다르기는 하지만, 이제는 알 것 같다.

휘이잉—

사방이 꽉 막힌 방 안에 바람이 감돌았다. 그 바람은 검에서 흘러나왔으며 검은 미약하게나마 달빛을 머금고 있었다. 스킬을 사용할 때보다 자연스럽고 아름다운 달빛을.

성 내의 공터. 그곳으로 향하자 토리엄과 해골 병사 수십이 나열해 있었다.

"이건 다 뭐지?"

"좀비가 모든 기능 활동을 멈추면 피부가 빠르게 썩어 내리고 해골 병사가 됩니다. 뼈가 손상된 상태라면 사용이 불가능 합니다만…… 그나마 멀쩡한 뼈들을 모아서 오십여 구 정도를 건질 수 있었습니다."

"그렇군."

가볍게 고개를 끄덕였다. 새로이 알게 된 사실이었다. 물론 일반적인 경우는 아니었다. 이곳 지저 세계에서만 통용되는 일이다. 다른 곳에서 좀비가 죽는다고 해골 병사가 되는 일은 없다.

토리엄이 씁쓸한 표정으로 말했다.

"안식에 대해 이야기한 적이 있지요? 이들은 안식을 찾는데 실패한 겁니다. 혼은 뼈에 남아 영원히 이 세계에서 고통받습니다."

"안식을 찾은 자와 찾지 못한 자를 구분할 수 있는 건가?"

호기심의 발로였다. 그러자 토리엄이 천천히 고개를 저었다.

"저희도 잘은 모릅니다. 다만, 간혹 아무런 형태도 남기지 않고 사라지는 이들이 있습니다. 우리는 그들이 진정으로 안식을 찾은 게 아닐지 생각할 뿐입니다."

확실한 건 없다는 뜻이었다. 어쩌면 헛된 희망이 될 수도 있는 일. 그럼에도 놓치지 않고 있는 건 그러지 않고선 그 긴 시간을 버틸 수 없기 때문이리라.

"아, 그리고……."

잠시 뜸을 들인 토리엄이 가슴팍에서 편지 한 장을 꺼냈다.

"오늘 새벽에 파발꾼이 도착했습니다. 남부 사령관의 인장이 찍힌 편지를 전해 주더군요. 불과 나흘 전에 영주의 교체 사실을 알렸는데 벌써 답을 보내온 걸 보면 매우 뜻 깊은 일입니다.”

드디어 올 게 왔다. 편지를 받아 들고 말했다.

“소식을 전하는 게 조금 늦었군.”

“파발꾼을 접한 즉시 찾아갔습니다만, 검술에 매진 중이신 듯하여…… 죄송합니다.”

몇 날 며칠.

나는 미친 듯이 검만 휘둘렀다. 하이엔달의 검술을 익히며 깨달음을 얻은 탓이다. 하지만 누군가가 찾아왔는데도 눈치채지 못한 것은 오랜만이었다.

‘그만큼 열중하고 있었다는 건가.’

작게 혀를 차며 편지를 뜯었다. 이윽고 구구절절한 내용이 눈에 들어왔다.

「랜달프 브뤼시엘, 파브름 영지의 새로운 영주여. 그대가 듀라한 소믈렘과의 일전에서 승전보를 울렸음을 본관은 잘 알았다. 소믈렘이라면 막달리의 부하 서열 20위 안에 드는 자. 실로 대단한 일이라 아니할 수 없도다. 이에 본관은 정식으로 그대를 우리 남부의 요새에 초대하고자 한다. 남부의 영웅이여! 막달리의 야욕을 물리친 그대를 어찌 영웅이 아니라 할 수 있겠는가! 식어버린 심장을 뜨겁게 만들어줄 그대의 발걸음을 본관은 기대하고 있겠다.」

미사여구로 꾸며놓긴 했지만, 한마디로 ‘뭐 하는 놈인지 궁금하니 얼굴 좀 보자’는 것이었다. 그런데 한 가지 이해가 안 가는 점이 있었다.

"토리엄, 남부 사령관의 이름이 뭐지?"

편지에도 '본관'이라 칭할 뿐 이름이 적혀 있지 않았다. 토리엄도 계속해서 '남부 사령관'이라 말했으니 알 턱이 없었다. 그제야 깨달은 듯 토리엄이 입을 열었다.

"아아, 말씀을 안 드렸군요. 오스웬이라 합니다.

"오스웬?"

잠시 멈칫한다. 어디서 많이 들어본 이름이었다. 설마 칠대 죄악을 만든, 황혼의 대장장이 오스웬과 동명이인일까?

내 반응을 본 토리엄이 물었다.

"혹시 알고 계십니까?"

"아니…… 아니다. 그나저나 남부 사령관이 나를 좀 보자는군."

"아아! 잘됐습니다. 이번 승리에 대해서 사령관도 궁금한 게 많을 겁니다. 막달리는 지는 싸움을 안 하기 때문에 여러모로 휘둘렸을 테니까요."

"그럼 출발해야겠군."

"지금 당장이요? 그 전에…… 그 모습으로 가실 생각입니까?"

"문제가 있나?"

딱히 이상할 건 없었다. 분노와 나태, 원래의 모습으로 되돌아온 인피니티 아머까지. 그래도 구색은 전부 갖췄다. 한

데 토리엄의 생각은 다른 것 같았다.

“첫인상이 가장 중요합니다. 지금도 상당히 눈길을 끌긴 하지만 사령관이 직접 초대했다면 필시 보는 이도 많겠지요. 영주님은 역전의 용사이십니다. 그만한 품격을 갖출 필요가 있습니다. 여기선 제게 맡겨주시지 않겠습니까?”

토리엄이 자신 있게 말했다. 굳이 번거롭게 일을 만들 필요가 있나 싶었지만 준비를 해서 나쁠 건 없었다.

“어디 한번 해보라.”

확인을 해보고 그대로 가든가 내치든가 하면 될 일이었다.

50여 구의 해골 병사, 토리엄과 제프.

그 선두에 내가 섰다. 영지를 벗어나 남부의 요새로 향하는 길은 그다지 복잡할 것도 없었다. 사흘 밤낮을 이동하니 요새에 다다를 수 있었다.

요새는 거대했다. 하나의 도시라 칭할 수준. 오랜 시간을 두고 만들어진 흔적이 곳곳에 있었다. 성문으로 들어서자 여러 마리의 구울이 앞을 막았다. 그리고 토리엄이 나섰다.

“이분은 파브름 영지의 새 영주시다! 여기 남부 사령관께서 보내신 편지의 인장이 있으니 확인하고 길을 비켜라!”

품에서 편지를 건넸고 그것을 확인한 구울들이 일제히 허리를 숙였다.

덜컹!

소리와 함께 거대한 성문이 열리자 여태껏 보아온 것과는 전혀 다른 세상이 펼쳐졌다. 진짜 인간들이 거주하는 듯 높은 2, 3층의 아름다운 건축물들이 줄지어 늘어서 있었다. 가지만 엉성한 '젤림'도 사방에 놓여 있어서 나름 깨끗한 경관을 연출했다.

"젤림은 귀하다고 하지 않았나?"

"이곳은 말하자면 수도입니다. 허락받은 언데드만이 살아갈 수 있습니다. 젤림이 여러 그루 있어도 이상하진 않지요. 그보다 주변을 둘러보십시오. 모두 영주님을 눈이 뚫어져라 쳐다보고 있지 않습니까?"

토리엄이 싱글벙글 웃으며 말했다. 그의 말마따나 주변을 지나는 언데드 모두가 나를 바라보는 중이었다. 토리엄은 다재다능했고 심지어 대장장이의 재능마저 가지고 있었다. 좋은 무구를 만든다기보다는 '보기 좋은 액세서리'를 만드는 느낌이었지만 인피니티 아머 위에 뼈로 만든 전신 흉장을 입혔다.

마치 이야기 속에나 나올 법한 해골 전사의 위엄을 있는 그대로 뽐내고 있는 것이다. 어지간한 언데드는 명함도 못 내밀 만큼 흉흉한 기색이 전신에서 나타났다.

"으으. 저런 걸 입고 어떻게 움직이나 몰라. 그냥 갑옷만 입은 나도 답답해 죽겠구먼……."

제프도 기사처럼 갑옷을 입었다. 여간 불편한지 걷는 모습도 어색하기 그지없었다. 그러거나 말거나 토리엄은 요새의 중심부를 바라보며 말했다.

"자, 움직입시다. 오늘의 주인공은 영주님이십니다."

요새의 중심부엔 더욱 커다란 성이 있었다. 고개를 쭉 들어야 겨우 정상을 확인할 수 있을 정도로 커다랬는데 마계 공작의 성이라 해도 믿을 수 있을 것만 같았다.

'뭘 좀 아는군.'

자고로 성이란 이래야 한다. 작고 볼품없는 성은 성이라 할 수가 없다. 게다가 보이는 언데드들도 제법 수준이 높았다.

성의 입구는 두 마리의 다크 워리어가 지키고 있었다. 안으로 들어가면 필시 리치나 데스 나이트도 있을 터. 그렇다면 이곳의 전력도 만만치 않았다. 그들 중 하나의 안내를 받아서 남부 사령관이 있는 장소로 이동했다.

"저도 남부 사령관을 직접 본 적은 없습니다. 하지만 들리는 소문에 의하면 허례허식을 따지지 않는 분이라 합니다. 언행만 조심하면 크게 걸리는 건 없을 겁니다."

그 옆에서 토리엄이 작게 조언하였다. 나는 그 말을 한 귀로 듣고 한 귀로 흘렸다.

오스웰…….

비슷한 이름을 가진 자는 많다. 그러니 아예 기대를 하지 않는 편이 낫다. 나선형 계단을 지나 성의 최상층에 다다랐다. 그곳에는 방이 하나뿐이었고 여기가 바로 남부 사령관이 기거하는 장소인 듯했다.

"……총공격을……."

"당하기만 하는 것도 지긋지긋……."

"아무리 막달리라도 한계가……."

최상층에 오르자마자 시끄러운 소리가 주변을 맴돌았다.

다크 워리어가 방의 문을 두드리며 말했다.

"사령관님, 파브릅의 새 영주가 찾아왔습니다."

"들라 해라."

웅장한 목소리.

다크워리어가 문을 열었고 그 즉시 나는 방 안으로 발을 들였다.

너른 원탁과 그곳에 앉은 12명의 언데드. 예상대로 리치와 데스 나이트도 시야에 들어왔다. 버그 베어마저 있는 걸 보아선 남부의 최강자들이 모여 있는 듯했다. 하지만 진정으로 내 눈길을 끈 건 가운데 자리한 마수다.

둠 나이트!

데스 나이트의 진화 형태라 칭해지지만 나타나는 원인에 대해서는 전혀 알려진 게 없는 최상급 2Lv의 마수다.

손이 여섯 개. 등을 비집고 튀어나온 날개와 같은 뼈의 형태가 영락없는 둠 나이트였다.

그가 남부 사령관 오스웬이었다.

"그대가 파브름의 영주인가? 대단한 모습이군."

오스웬이 고개를 돌리며 내게 말했다. 외견을 보곤 놀라는 기색이 역력했다. 토리엄의 계획이 나름대로 먹혀든 것이다.

하나, 나는 그가 손에 착용한 장갑에서 눈길을 떼지 못했다. 스킬이 작동하며 메시지 창이 떠오르진 않지만, 그래도 은연중 나는 심안을 사용할 줄 알았다. 적어도 저게 무엇이고 무슨 효과가 있는지는 보기만 해도 대략 파악할 수 있었다.

'칠 대 죄악……!'

그리고 오스웬이 착용한 장갑이 칠 대 죄악 중 하나라는 것을 단박에 알아봤다.

정말로 황혼의 대장장이 오스웬이란 말인가? 아이템의 설명에 따르면 그는 미쳤다고 했다. 칠 대 죄악을 끝으로 아예 돌아버렸다고. 그런 그가 왜 이 지저 세계에 있는지 알 도리가 없었다.

그래서 확인이 필요했다.

채엥!

나는 검을 꺼냈다.

분노!

칠 대 죄악 중 한 자리를 당당히 차지하는 이 검을 본 오스웬의 반응에 따라 내 행동이 갈릴 것이었다. 하지만 원하는 만큼의 반응은 없다.

"뭐 하는 짓인가?"

눈살을 찌푸린 게 전부다. 이름이 오스웬이고 칠 대 죄악이라 추정되는 장갑을 착용했을진대 본인이 아닌 걸까? 더욱 확실한 확인을 해보고자, 나는 입을 열었다.

"오스웬, 남부의 사령관이여. 나 랜달프 브뤼시엘이 대련을 청한다."

여기에 또 한 가지.

막시움은 나를 본 즉시 그 먼 거리에서도 나락군주의 심장임을 알아보고 달려왔다. 하나, 오스웬은 그런 기색이 전혀 없었다.

단순히 천둥새의 피를 묻히고 있어서는 아닐 듯싶었다. 같은 사령관이라 할지라도 차이가 있는 모양.

만약 처음부터 알아보고 응대했다면 자연스럽게 황제의 검을 꺼내어 굴복시켰겠지만, 모든 게 확실하지 않은 상황에서 그런 행위는 자칫하다간 악수가 될 수도 있었다.

실제로 최상급 2Lv의 마수인 둠 나이트는 정상적인 상태에서조차 쉽지 않은 상대다. 내 목숨을 노리고 달려든다면 그땐 대처가 쉽지 않을 터. 그러니 간만 볼 셈이다.

"많은 이가 이 방에 찾아와 여러 이야기를 했지만 대뜸 본관에게 대련을 청하는 이는 처음이로군."

여기서가 중요하다.

나는 천천히 입을 열었다.

"나는 본래 떠돌이 용병이었다. 그리고 이곳저곳에서 남부 사령관에 대한 위용은 익히 들을 수 있었지. 내 차가운 피를 뜨겁게 만들기에 충분할 정도더군. 듀라한 소믈렘은 너무나도 시시한 놈이었고, 그런 자가 서열 20위 안에 든다면 막달리의 수준도 알 수 있지 않겠나? 반면에…… 이곳에 모인 자들은 척 보기에도 하나하나가 대단하다. 이런 자들이 따르는 이라면 내 검을 받을 자격이 충분하다고 생각했다."

이런 식의 사탕발림은 나답지 않다. 하지만 내 목표는 어디까지나 간을 보는 것이었다.

오스웬의 표정이 바뀌었다. 찌푸려졌던 것이 풀리고 감탄하듯 고개를 주억였다.

"……막달리는 하는 짓이 음습하여 진정으로 강한 자들이 모여들지 않았다. 제대로 보았구나. 단순히 무례한 녀석인 줄 알았건만 정확히 짚지 않았는가."

더불어서 나는 오스웬의 성격을 유추할 수 있었다.

이놈은 꽤나 오만하다. 자신에 대하여 관대하고 자신이 있는 부류였다. 누군가가 자신을 띄워주는 것도 마다하지 않는다. 도리어 좋아하는 편이다.

나는 이런 자를 몇 안다. 대하는 방식 역시. 하여 방향을 바꿨다.

"대답을 듣지 못했다. 내 검을 받아주겠는가?"

대련을 하자는 게 아니라, '검을 받아주겠냐'는 이중적인 의미로 말을 했다.

듣기에 따라선 왕에게 기사가 검을 바치는 것처럼 들릴 수도 있었다.

나는 막달리를 폄하했고 듀라한 소믈렘을 잡아낸 전적도 있었다. 거기에 직접적으로 막달리와 오스웬을 비교했다. 그냥 비교만 했다면 '너에겐 자격이 없다'는 소릴 듣기 딱 좋지만 나도 당사자라면 당사자였다.

전시 상황. 서로의 우열을 가리기 힘든 이때 외지인이었던 내가 나타나 답을 내려줬으니…… 오스웬은 흐뭇한 미소를 지어 보였다.

"파브름의 새 영주 랜달프 브뤼시엘이여. 너의 검을 본관이 받아주마. 안 그래도 본관이 남부의 사기진작을 위해 생각한 게 있었다. 친선 형식으로 간단하게 검을 주고받자."

처음으로 오스웬이 내 이름을 입에 담았다. 의도가 제대로 먹혀든 것이다.

'첫발은 디뎠군.'

이제 친선대련에서 그가 오스웬인지 아닌지 확인하는 일만 남았다.

나는 그와 악수를 주고받았고 잔뜩 얼어붙어 있었던 토리엄과 제프가 그제야 정신을 차렸다.

"영주님은 대체 정체가 뭡니까? 누가 보면 목숨이 일곱 개쯤 있는 줄 알겠습니다."

제법 호화로운 방을 배정받은 뒤 그곳에서 토리엄이 내게

한 말이었다.

막달리는 지지 않는 싸움만 한다. 적을 눌러 버릴 수 있는 숫자로 습격을 반복하고 남부의 전력을 깎아먹고 있었다.

전쟁이 치러진 지 대략 보름이 지났건만 단 한 번의 승전보가 울리질 않았으니 남부의 사기는 최악이었다. 그럴 때 내가 승리했다. 듀라한 소믈렘을 상대로 두 배 이상 나는 전력의 차를 뒤집었다. 하물며 소믈렘마저 일대일로 상대하여 꺾었다.

역전의 용사.

한 줄기 구원의 빛이 되어도 이상할 게 없다. 사기진작이라는 이벤트를 위해 사용할 패로 나만한 이가 없다는 뜻. 그래서 대대적으로 친선 대련을 알렸다. 요새에 있는 모든 언데드가 이 대련을 보고자 모였다. 그 숫자만 어림잡아 이십만가량!

'상당하군.'

요새만이 아니라 남부에 흩어져 있던 언데드가 모두 모인 것 같았다. 마치 콜로세움과 꼭 닮은 건축물 안에서 대련이 진행되었다. 모든 이를 수용하지 못해 바깥에도 기나긴 행렬이 이어지고 있었다.

오스웬은 여섯 개의 검을 쥔 채 대련장의 중심부에서 주변을 바라보며 외쳤다.

“파브름 영지에서 벌어진 일을 모두 알고 있을 것이다! 그 모습은 좀비지만 듀라한 소믈렘을 상대로 승리를 일궈낸 진정한 전사! 고작 400의 병력으로 일천의 적을 물리친 그 전적은 본관으로서도 매우 감명이 깊었노라!”

“와아아아!”

“랜달프! 랜달프! 랜달프!”

귀가 아플 정도로 수많은 이가 내 이름을 환호했다. 그나저나 소믈렘과의 전투가 있고 10여 일이 흘렀을 뿐이다. 그런데 모두가 알고 있다는 건…….

‘의도적으로 알렸다.’

소식을 듣자마자 오스웬이 손을 쓴 게 분명하다. 편지가 도달하기 전부터 내 이름이 이곳 요새에 돌기 시작했을 것이었다. 얼마나 남부의 사정이 급했는지를 알려주는 대목이었다.

“이 놀라운 전사는 소믈렘에 만족하지 못하고 본관에게 도전장을 내밀었다. 그리고 본관은 이 전사가 그럴 만한 자격이 된다고 판단했다!”

오스웬은 여섯 개의 손을 더욱 높이 들었다.

“비록 전시라고 하나, 막달리 따위가 우리 전사들의 뜨거운 혼을 막을 수는 없다! 축제를 즐겨라! 오늘만큼은 모두 축배를 들자!”

“와아아아!”

술통이 조달됐다. 술 자체로 취하진 않았지만 분위기가 뜨겁다. 모두가 반쯤 넋을 놓은 채 대련장만 바라보고 있었다.

탁.

손을 내리고 바닥에 검을 꽂자 즉시 사방에 정적이 찼다. 대련의 시작이 다가왔음을 알리는 신호였다. 하지만 시작 전에 확인할 게 남았다.

"남부 사령관 오스웬이여, 그 전에 묻고 싶다. 왕의 진정한 덕목은 뭐라고 생각하지?"

"……왕의 덕목이라?"

뜬금없는 물음에 오스웬은 즉시 답하지 못했다. 하나, 내 의지는 확고했다.

"답을 들려주길 바란다."

누가 이런 걸 물어보았겠는가. 그들은 사령관이다. 나락군주라는 걸출한 황제가 이미 위에 있었다. 지저 세계의 존재들이라면 모두가 알고 있었다. 하지만 나락군주는 끝끝내 나타나지 않았다. 그러자 내분이 일어났으며 각자의 길을 걷기 시작했다.

아직까진 사령관의 칭호를 고수하고 있지만 이건 황제의 그림자가 너무 커서일지도 모르겠다. 하여간에, 다른 모든 사령관을 배제한 채 황제의 보물 창고를 얻겠다는 건 결국 스스로 '황제'가 되기를 바라기에 생겨난 일이 아닌가.

은연중 한 번쯤은 생각해 보았으리라.

나는 그 정곡을 찌르고 들어갔다.

한참이나 뜸을 들인 오스웬이 말했다.

"왕의 진정한 덕목은…… 나태다."

나태!

원하는 답이 나왔다. 내가 착용한 망토, 칠 대 죄악 중 '나태'에 해당하는 아이템의 설명에는 오스웬의 한마디가 적혀 있었다. 그 한마디는 지금 남부 사령관 오스웬이 내뱉은 말과 굉장히 흡사했다.

'왕의 덕목을 나태라 칭하는 이. 이름이 같고, 칠 대 죄악을 착용하고 있다. 더는 우연이라 치부할 수 없다.'

나는 확신했다. 눈앞의 이는 황혼의 대장장이 오스웬이 맞다. 어째서 기억을 못 하는지, 원래부터 둠 나이트였는지에 관해선 석연찮은 부분이 있지만 그런 것보다 내가 확신을 했다는 게 중요했다.

드보롱은 칠 대 죄악 모두를 어둠의 정령왕이 갖고 있지 않다고 말했다. 그 나머지 행방을 찾을 방법이 눈앞에 나타난 것이다!

어찌 그냥 넘어갈 수 있겠는가. 전율이 일었다. 마치 퍼즐이 맞춰지는 기분이었다.

"답변 고맙다."

나는 분노를 꺼냈다. 이제 이기고 지는 건 중요하지 않았다. 물론 최선을 다해 겨룰 것이다. 이제 막 잡은 하이엔달의 단서. 그것을 모두 펼쳐도 받아낼 만한 상대였으므로.

단순히 황혼의 대장장이에 관한 사실을 확인할 셈이었는데 오스웬은 전혀 다르게 받아들인 것 같았다. 검을 받고 왕의 덕목을 물어본 것을 '충신서약'이라도 한 것처럼 받아들인 것이다.

그는 기꺼워했다. 영지로 떠나려는 나를 붙잡고 대장의 직위를 내렸다. 무려 이천의 병사를 지휘할 권한이었다.

"……파격적이다 못해 입이 안 다물어지는 인사입니다. 남부 사령관께선 영주님의 무엇을 보시고 그만한 자리를 내준 것일까요?"

"나를 남부의 영웅으로 만들려는 것이겠지."

성내에 개인적으로 준비된 연무장 안. 나는 1초도 쉬지 않았다. 조금의 시간마저 허투루 사용하지 않으며 쉴 새 없이 검을 휘둘렀다. 토리엄이 옆에서 지켜보고 있지만 하이엔달의 검술은 본다고 따라할 수 있는 게 아니다.

"그게 전부라는 생각은 안 듭니다. 그리고…… 걱정입니다. 굴러온 돌이 박힌 돌을 빼내려고 하면 반발이 클 텐데요."

"그만한 업적을 세우면 된다."

"사령관 막달리라도 잡으려는 겁니까?"

"그것도 나쁘지 않겠군."

촤악!

분노가 빠르게 허공을 가른다. 나는 오스웬과의 일전을 되살피는 중이었다.

둠 나이트. 마계에서도 귀하게 취급받는 마수. 대공들도 쉽사리 가질 수 없었다. 그만큼 강했고 여섯 개의 손에서 펼쳐지는 검술은 현란했다.

'장갑에 무언가가 있다.'

그러나 대련의 와중에도 나는 오스웬을 살피는 걸 게을리하지 않았다.

오스웬이 착용한 장갑. 칠 대 죄악 중 하나일 가능성이 높다고 판단한 그 장비에서 기분 나쁜 마력이 느껴졌다. 그 마력은 내가 '정신 이상 상태'에 빠졌을 때 아이템에서 흐르는 것과 비슷했다. 께름칙하고 절제 불가능한.

"최대한 조심히 사령관 오스웬이 착용한 장갑에 대해서 알아보라."

"명령입니까?"

"명령이다."

"그럼 따르겠습니다."

토리엄이 고개를 숙이곤 연무장을 빠져나갔다.

쉭! 쉬익!

그사이에도 나는 끊임없이 움직였다.

이틀이 더 지난 후, 토리엄이 명상 중이던 나를 찾아왔다.

"절대로 장갑을 벗는 일이 없다고 합니다. 무기보다 장갑을 소중히 여기며 물이 닿는 것조차 극도로 싫어한다고 하더군요."

장갑만을 유독 아낀다. 단순히 칠 대 죄악 중 하나라서 그러지는 않을 것이다. 그가 사용하는 무기들도 굉장히 훌륭한 것들이었다. 물이 닿는 것조차 꺼려할 정도라면 숨겨진 이유가 분명히 있다.

'그 이유를 알아내야겠군.'

여기서부턴 내가 할 일이었다. 나는 자리에서 일어났다.

"고생했다."

"아닙니다. 명령은 따라야지요."

피식 웃었다. 불현듯 크라스라가 떠오른 탓이다. 일단 명령만 내리면 어떻게든 해내려고 하는 태도가 닮았다.

'빠르게 해결한 후 돌아가야 한다.'

동시에 던전의 상황이 궁금해졌다. 내가 여기서 이러고 있는 사이에 무슨 일이 벌어질지 모른다. 오쿨루스가 죽었으니 그 파동이 결코 적지 않을 터였다. 힘의 균형이 무너지면 여파는 반드시 나타나게 되어 있다. 다른 대공들이 움직일 가능성이 충분히 있었다.

"아, 막달리에 관한 소문도 들었습니다. 본격적으로 공세를 시작했다고 합니다. 조만간 영주님께도 연락이……."

"내일."

"예?"

"내일 출전한다더군."

"가, 갑작스럽군요."

"방금 막 알려왔다. 슬슬 병사들을 보러 가려고 했던 참이다."

토리엄이 도착하기 20분 전 다크워리어 하나가 다가와 출정 사실을 알렸다. 확실히 갑작스럽다. 하루 안에 모든 걸 끝마치려면 바로 움직여야 했다. 몸을 돌려 연무장을 빠져나왔다.

'어차피 돌아갈 것이라면 그 전에 얻을 수 있는 것들은 최대한 얻어야겠지.'

여기서만 얻는 게 가능한 것들. 그것들을 외면할 수는 없었다. 그리고 이곳에서의 성장 속도가 범상치 않았다. 나는 하루가 다르게 달라지고 있었다. 단순히 스스로를 몰아붙여서 그렇다고 하기에는 비정상적이다. 이 세계 자체가 내 성장을 돕고 있는 것 같았다.

이왕지사 딛게 된 땅. 얻을 수 있는 모든 걸 얻고 지구로 돌아가거든 나머지 대공들과의 접전에서도 고지를 점할 수 있을 것이었다.

이천의 병사.

해골 병사가 절대다수를 차지하여 구성은 간단하기 그지

없다. 아주 얄팍한 사고만 가능하여 일일이 명령을 내려줘야만 한다. 하지만 생각이 많은 것보단 낫다. 적어도 내 명령에 착실하게 따르긴 할 테니까.

요새를 빠져나온 병사는 삼만여가량이었다. 하루아침에 준비한 것치곤 상당한 숫자.

가장 선두에서 오스웬이 외쳤다.

"이처럼 갑작스럽게 움직인 것은 사령관 막달리의 부하인 서열 4위 고데우스가 '첩첩마른 땅'에 있다는 첩보를 접수했기 때문이다. 놈을 잡으면 막달리의 사지 하나를 절단한 것과 같다. 남부의 영웅들이여! 본관과 함께 침입자를 몰아내고 남부를 지키자!"

"지키자!"

"지키자!!"

함성이 울려 퍼졌다. 출정식을 바라보며 요새에 남은 이들이 손을 흔들었다. 계획대로만 된다면 충분히 대승을 거둘 수 있으리라. 동시에 오스웬이 뼈만 남은 지옥마를 타고 그 위에서 여섯 개의 검을 높이 추켜들었다.

"출정이다!"

당하기만 하던 남부가 드디어 칼을 빼 들었다. 첩보를 입수한 즉시 움직이는 놀라운 기동력을 보이며 바람과 같이 몰아쳐서 고데우스를 처벌하는 데 성공한 것이다. 미처 대비하지 못한 고데우스는 1만의 병력과 함께 산화했다. 남부의 피해는 고작 삼천에 그쳤다.

대승!

남부의 기세가 순식간에 올라갔다. 그리고 나 역시 혁혁한 공을 세웠다.

"그 말 들었나? 파브름의 새로운 영주가 이번 출정에서 고데우스의 머리를 쪼갰다더군!"

"그뿐인가? 병력을 지휘하는 솜씨도 일품이라던데. 어디서 그런 이가 나타난 거지? 그만한 실력이었다면 진즉에 소문이 났을 텐데 말이야."

"하늘이 남부를 돕고 있는 거지. 막달리는 이제 더 이상 우리의 상대가 아니야."

가는 곳곳마다 이번 출정에서의 이야기로 떠들썩했다. 그 중심적인 이야기에는 항상 내가 출현했다.

고데우스의 목을 직접 친 공로자. 막대한 포상과 대대적인 선전. 오스웬은 나를 '남부의 영웅'으로 확실히 만들 셈인 것 같았다.

'승승장구가 따로 없군.'

이천의 병사를 지휘할 권한이 있었지만 그 숫자가 단번에 삼천으로 늘었다. 오스웬은 나를 굉장히 신경 썼다. 본능적으로 끌리는 게 있는 것처럼. 아무래도 분노와 나태가 영향을 주는 게 아닌지…….

어쨌거나 내 권한이 올라가서 나쁠 건 없었다. 이대로 오스웬의 최측근이 되어 그에 대한 것들을 속속들이 캐낼 수 있다면 내가 나락군주의 심장을 가지고 있고 황제의 검을 계승했음을 알려도 되는 것인지에 대한 판단의 재료가 될 것이었다.

그럴 수가 없는 상황이라면 그를 베어내고 내가 사령관의 자리에 오르면 그만이다. 지저 세계는 실력주의인 것 같았다. 지금은 다소 부족하지만 나는 오스웬을 따라잡을 자신이 있었다.

마침 나를 영웅으로 만들려는 작업이 계속되고 있고 거기서 내가 더 강한 게 밝혀진다면 남부의 병력들도 나를 따르지 않을 수 없을 터였다. 그러기 위해선 확실한 실적을 쌓을 필요가 있었다.

Dungeon Hunter

남부는 승리에 승리를 거듭했다.

"막달리도 별거 아니었군요. 남부가 칼을 빼 든 즉시 이렇게 당하기만 하는 걸 보니까…… 새삼 김이 빠집니다."

벌써 다섯 번째.

요새를 벗어나며 토리엄이 중얼거렸다. 남부는 네 번의 습격을 감행했고 모두 대승으로 이끌었다. 막달리는 서열 4위

고데우스를 시작으로 5, 6, 7위의 실력자 모두를 잃었다.

"첩자가 확실한 정보를 물어준 덕분이겠지."

앞서 4번의 급습은 모두 갑작스럽게 이루어졌다. 첩보를 확인한 오스웬이 빠르게 출정을 가진 탓이다.

토리엄이 입가에 미소를 띠었다.

"그것도 그렇지만 말입니다. 영주님도 일약 남부의 영웅이 되었지요. 이제 남부 어디를 가든 영주님 이야기뿐입니다."

"금방 식을 열기다."

"글쎄요. 사령관 막달리를 이기면 남부 사령관의 위치는 급부상합니다. 이야기는 지저 세계 전체에 퍼지고 곳곳에서 일당백의 전사들이 찾아올 겁니다. 그러면…… 과연 남부 사령관이 남부에만 머물러 있을지요? 거기서 영주님의 가치도 높아지리라 봅니다."

순탄하게 흐른다면 그런 식으로 연계될 가능성이 있긴 있었다. 그러나 어디까지나 가능성일 뿐이다. 나는 지금의 자리에 계속해서 만족하고 있을 생각이 없었다.

"사령관이 마지막으로 죽은 게 언제이지?"

내가 묻자 토리엄이 답했다.

"150년은 족히 지났습니다."

과연…….

고개를 주억였다. 150년간 정체되어 있었고 변화가 없었다면 이번 승리의 행방에 따라서 바람의 중심지가 결정될 것이었다. 한번 불기 시작한 바람은 걷잡을 수 없다.

'이상하군.'

그러다가 주변의 분위기가 급변했음을 느꼈다. 이번 출정에 배정된 병상의 숫자는 사만. 오만 병력이 움직이건만 주위가 급속도로 조용해졌다. 두 개의 산을 넘고 황야를 가로지르자 지대가 무른 땅이 나타났는데 잘못 발을 디디면 그대로 빠질 것만 같았다.

"원래 이곳은 메마른 땅이었는데……."

토리엄이 고개를 갸웃하며 입을 열었다.

나는 주변을 둘러보다가 말했다.

"병사들이 위치하기에 적합한 장소는 아니다. 첩보가 잘못됐다."

"주변을 정찰해 봐야 확실해질 것 같습니다."

끝이 보이지 않는 넓은 땅. 초입에 불과했으니 정찰을 해봐야 확실하다. 선두에 선 오스웬이 팔을 들었다. 막 주변의 정찰을 명하려고 할 그때였다.

스르륵.

손 하나가 진흙을 뚫고 나오더니 해골 병사 하나를 낚아채 갔다.

스륵!

스르르륵!

수백, 수천 개의 손이 일제히 솟았다.

"저주받은 망자들! 외지로 몰아낸 놈들이 왜 이곳에……!"

토리엄이 경악했다. 하지만 위험은 아직 시작도 안 했다. 멀리서 느껴지는 기척들. 이윽고 반대편에서 벌 떼같이 몰려오는 병사들이 시야에 들어왔다.

어림잡아 팔만 이상! 그만한 군세를 이끌고 이곳에 들이닥칠 이라면 뻔했다.

막달리.

이건 놈이 파놓은…….

"함정이군."

나는 분노를 꺼내 들었다. 아무래도 쉽지 않은 싸움이 될 듯싶었다.

진퇴양난.

빠져나갈 곳은 없었다. 숫자의 차이, 지리적 손해……. 그간 너무 쉽게 이겨와서일까?

'첩자가 잡혔거나 원래부터 거짓 정보였거나.'

모든 일에는 원인이 있다. 그간의 승리가 이때를 위한 포석에 지나지 않았을 수도 있었다. 하지만 후회는 언제나 늦는 법이다. 최악의 상황이 되기 전에 움직이는 게 그나마 현명하다.

"제프, 병사들과 함께 뒤를 막아라."

제프는 나를 따르는 부사관의 역할을 하고 있었다. 오천의 병력을 혼자 운용할 수는 없는 노릇이니 말이다.

"영주님은요?"

그날, 토리엄과 다른 이들이 나를 영주로 인정한 날. 제프의 말투도 바뀌었다. 어색하기 그지없었지만 말투에 크게 구애받는 편이 아니라 내버려 두었다.

어쨌거나 나는 전방을 살폈다.

'저게 막달리로군.'

쿠와아앙!

막달리는 무려 본 드래곤이었다. 이곳에서는 용을 보는 게 처음인지라 제법 놀랐다. 하늘에서 브레스를 쏘아대며 병력을 녹이고 있었고 그것을 보다 못한 오스웬이 나서서 격전을 치르는 중이었다. 하지만 저것을 돕는 건 내 역할이 아니다.

"발이 빠른 병사들은 나를 따르라. 말을 탄 놈들을 먼저 없앨 것이다."

내가 견제하고자 하는 건 기동력이 좋은 마수들이었다. 단순 병력의 질 자체는 이쪽이 우월했지만 가뜩이나 혼란인 상황에서 치고 빠지는 전술을 펼치는 놈들이 가세되면 걷잡을 수 없게 된다.

나는 발이 빠른 500의 병사와 함께 움직이기 시작했다.

전쟁은 단순한 숫자놀음이 아니다.

전장의 상황에 따라 역동적으로 변하게 마련이다.

그러나 결코 뒤집을 수 없는 판 또한 존재한다.

기동대를 따로 움직여서 데스 나이트 둘과 리치 하나를 잡는 데 성공했다. 뼈로 만들어진 말을 탄 병사도 상당수 제거할 수 있었지만 그와는 반대로 아군의 상황은 나락으로 치닫는 중이었다.

'힘들겠군.'

빠르게 판단했다. 전투가 시작된 지 30여 분이 지나지 않았건만 아군의 숫자가 눈에 띄게 줄었다.

그럼에도 오스웬에게 희망을 걸었지만 주변의 도움 없이 홀로 막달리를 상대하는 건 무리였다.

나는 빠르게 선회하여 오스웬을 향해 달려갔다.

"크아아아아! 이놈! 막달리!"

오스웬은 막달리의 왼쪽 날개를 잘라냈다. 이에 지상에서 접전을 펼치고 있었지만 오스웬도 팔 두 개를 잃어버린 상태였다.

"네가 심어놓은 첩자를 내가 모를 줄 알았더냐? 그러니까 네놈이 내게 안 되는 것이다. 지금쯤이면 네가 자랑하던 요새도 쑥대밭이 되었을 터! 이제 흙으로 돌아가거라, 오스웬!"

콰르릉!

다시 한 번 부딪쳤다. 단순 힘 싸움이라면 둘 다 밀리지 않지만 해골 법사와 리치들의 연이은 마법 공격에 오스웬은 끝내 쓰러지고 말았다.

전신이 타고 피부가 녹았다.

쿠르르릉!

재차 브레스가 쏟아졌다.

이대로 있다간 오스웬은 흔적도 남기지 못하고 증발해 버릴 것이 자명했다.

그러나 브레스보다 조금 더 빠르게 내가 당도할 수 있었다.

'인피니티 아머의 방어력을 믿을 수밖에!'

온전히 피해내는 건 불가능하다. 오스웬을 들고 재빨리 그곳을 벗어났지만 오른쪽 가슴이 브레스에 그대로 노출되었다.

"후욱!"

내 한계를 넘어서 적들을 상대했는지라 이미 지쳐 있었다. 눈앞이 빙글빙글 돌고 심장이 미칠 듯이 뛰었다. 천둥새의 피가 소용이 없을 정도로 요란하게.

다행히 녹아내린 인피니티 아머가 빠르게 수복되었다. 잠시 고개를 숙여 그것을 확인하곤 있는 힘껏 달려 나갔다.

"영주님……!"

제프와 토리엄이 남은 병사 일천가량을 이끌고 다가왔다.

오천에 다다르던 숫자였건만.

이를 악물며 말했다.

"제프, 토리엄. 남부 사령관을 데리고 전장을 이탈해야 한다."

"제 말을 쓰십시오."

토리엄이 쌩쌩한 말을 내주었다. 이에, 지지 않겠다는 듯 옆에서 제프가 입을 열었다.

"뒤는 걱정하지 마세요. 일당백의 용사 제프가 한번 막아 보겠습니다."

이들의 의도를 모를 내가 아니다.

"살지 못할 것이다."

제프가 피식 웃었다.

"어차피 죽었잖아요. 까짓, 한 번 더 죽는 게 대수겠습니까?"

"맞습니다. 그리고 저는 해골 병사가 될 생각이 전혀 없습니다. 이곳을 빠져나가 다시 찾아가겠습니다. 영주님이라면 이곳 지저 세계에서 필연적으로 이름을 떨칠 테지요. 자, 시간이 없습니다."

내가 오스웬을 빼돌리자 적들의 추격이 바로 시작되었다. 그나마 막달리가 한쪽 날개를 잃었고 기동력이 좋은 적들을 먼저 제거해 둬서 시간이 조금 생겼을 뿐이었다.

"나를 찾아라. 나는 이 세계의 주인이니 빠져만 나간다면 어렵지 않게 찾을 수 있을 것이다."

내 말을 듣고 토리엄이 껄껄 웃었다.

"지저 세계의 주인이 되실 작정이군요! 알겠습니다. 반드시 찾아가겠습니다! 반드시!"

주먹을 불끈 쥐었다. 저 의지대로라면 언제고 다시금 만날 수 있으리라.

나는 말에 올랐다. 앞에 반쯤 쓰러진 오스웬을 얹고 말의 엉덩이를 찼다.

타악!

말을 타고 달리는 와중, 막달리와 오스웬이 나눴던 대화를 기억해 냈다. '이미 요새는 초토화되었을 터'라는 내용.

그게 사실이라면 남부 요새로는 향할 수 없었다.

'계획을 수정해야겠군.'

본래는 남부를 잡아먹고 막시움의 반응을 살피려고 했다. 그런데 남부 자체가 풍전등화에 놓였으니 차선책을 선택할 수밖에 없었다.

'우선 오스웬을 살린다. 오랜 시간 남부를 통치했다면 숨겨놓은 한 수가 있을 것이다. 그리고…… 칠 대 죄악을 얻는다.'

장갑을 내려다봤다. 힘을 줘서 벗겨봤지만 꿈쩍도 하지 않았다. 주인만이 벗길 수 있거나 다른 제약이 걸려 있는 게 분명했다.

쿠릉!

쿠르릉!

전장을 이탈한 지 채 30분이 지나지 않은 시점.

저 뒤에서 광음이 들려왔다.

'추적자군.'

벌써 추적자가 붙었다는 것은 최악의 사태로 치달았다는 뜻.

다행히 숫자가 많아 보이진 않았다.

쯧!

작게 혀를 차며 말에서 내렸다. 혹을 달고 움직일 수는 없는 노릇이다.

Chapter 43

혼령기병

여덟 차례 추적자들을 뿌리치고 쉴 만한 장소를 찾았다. 자연적으로 생성된 동굴. 따로 주인은 없는 것 같았다.

확인해 본 결과 양쪽이 모두 뚫려 있어서 만에 하나의 사태에 몸을 빼내기 용이할 듯싶었다.

나는 동굴의 벽 쪽에 오스웬을 눕혔다. 벌써 3일이 더 지났지만 오스웬은 정신을 잃을 채 꿈쩍도 하지 않았다.

'조금 쉬어야겠다.'

한계의 한계까지 몰아붙였다. 한 번 더 추적자가 붙으면 지금 몸 상태로는 어렵다.

적이 오면 알 수 있도록 자잘한 트랩을 입구 쪽에 깔아두었다. 돌멩이와 넝쿨을 이어서 누군가가 들어오거든 미세한 소리를 내는 장치였다.

기본적인 방비에 불과했지만 아예 없는 것보단 낫다. 이 미묘한 차이가 생사를 가를 수도 있었다. 적어도 전생에선 그 덕에 몇 번 살아난 적이 있었다.

나는 눈을 감았다.

그 즉시 잠에 빠져들었다.

오 일째.

더 이상 추격자는 없었다. 하지만 경계를 늦추지 않았다.

주변을 정찰하며 조금이라도 지리를 파악해 두려 애썼다.

그렇게 정찰을 끝내고 동굴 안으로 돌아오자 오스웬이 몸을 뒤트는 중이었다.

"크으으……."

고통이라도 느끼는 건가?

언데드는 기본적으로 무감각하다. 완전히 거세된 것은 아니지만 모든 감각이 아주 둔했다. 고통도 마찬가지였다.

"제, 젤림…… 젤림을……."

오스웬이 미약하게나마 눈을 떴다. 그러곤 내게 손을 뻗었다.

몸을 부르르 떨며 갈구하는 것이 마치 금단증상과 같았다.

언데드들이 이 세계에서 몸을 유지하려면 젤림의 나뭇가지가 필요하다고 들었다.

그러나 이 주변에는 아무것도 없었다. 젤림의 나뭇가지 또

한 구하는 게 불가능했다.

"남부 사령관 오스웬, 정신이 드나?"

"나는…… 남부 사령관이…… 크아악!"

"정신이 오락가락한가 보군."

분노에 손을 얹은 채 가만히 지켜봤다. 하나 오스웬은 몇 번 발작을 하더니 다시 정신을 잃었다.

이후로 오스웬은 몇 번이나 깨어났다가 기절하기를 반복했다.

하지만 제정신이 아니었다. 헛소리를 늘어놓는 게 대부분이었다. 때로는 아이가 됐다가, 때로는 배우가 됐다가, 때로는 남부 사령관이 됐다가…… 또 때로는 황혼의 대장장이가 되었다.

"칠 대 죄악은 세상에 존재하면 안 되는 것이다. 당장 없애야만 해!"

"나락군주! 나를, 나를 조종하려 들지 마라!"

이런 식으로 무심결에 내뱉는 오스웬의 외침은 몇 가지 가능성을 제시해 주었다.

'정신분열. 혹은 다중인격.'

오스웬의 안에는 무수히 많은 오스웬이 있다.

남부 사령관의 자아가 가장 강렬하여 그 모습을 유지하고 있다가 사령관의 자아가 약해지자 여러 자아가 너 나 할 것

없이 튀어나오는 중인 것 같았다.

그리고 그 매개체는.

'장갑.'

인격이 변할 때마다 장갑의 마력도 변했다. 밀접한 관계가 있음이 확실하다.

그러나 대화가 안 된다. 깨어나고 기절하기를 반복했다. 모든 것이 내 심증으로 돌아갈 따름이다.

추이를 지켜보면 좋겠지만 여기서 뭉그적거리고 있을 시간이 없었다.

지저 세계의 일도 중요하나 내가 제일 중요한 건 던전의 상황이다. 마왕이 되는 것이었다. 지저 세계의 주인? 나락 군주의 심장을 가지고 있는 지금 시점에서 나는 이미 주인이었다.

"팔은…… 두 개만 있으면 충분하지."

여섯 개의 팔.

그중 세 개가 이미 잘려 나갔다.

하나 더 사라진다고 문제가 생기진 않을 것이다.

나는 분노를 들었다.

장갑을 착용한 팔을 마저 날려 버린 뒤 일어날 변화를 봐야겠다.

촤학!

망설임은 없었다.

단박에 팔을 나눴다.

그와 동시에.

"끄아아아악!"

기절한 오스웬이 비명을 내질렀다.

흉흉한 안광을 흩뿌리며 오스웬이 자리에서 일어났다. 그는 내가 들고 있는 자신의 팔을 바라보며 거친 입김을 뿜었다.

"그 장갑은…… 내 것이다!"

팔보다 장갑을 우선시한다. 정상적인 반응과는 거리가 멀었다.

콰릉!

미쳤다. 물불 안 가리고 마구잡이로 달려든다.

누구의 자아인지 확실하지 않았다. 남부 사령관도 아니었고 황혼의 대장장이도 아니었다.

처음 보는 인격.

'어찌할까.'

잠시 고민했다.

선택지는 많지 않았다.

죽이거나 기절시키고 추이를 보는 것.

마음은 전자로 기울었다.

오스웬을 죽이면 팔에 고정된 장갑이 빠질 것도 같았다. 귀속된 상태라도 당사자를 죽이면 귀속 해제가 되니 타당한 결론이다.

'어쩔 수 없지.'

남부 사령관이 나오길 바랐다. 그럼 말이라도 섞어볼 수 있었을 테니까. 그가 가진 정보를 가지고 상황을 타개해 볼 건더기라도 구할 작정이었지만 이 상태로는 답이 없다.

분노를 든 그대로 황제의 검을 꺼냈다.

그리고 그 순간.

흉흉한 안광이 거짓말처럼 사라졌다.

"그 검은……?"

곧바로 눈치챘다.

새로운 인격은 황제의 검을 알고 있다.

적의가 사라졌다.

'막시움의 때와 비슷하군.'

그렇다면 아주 방법이 없지는 않았다.

심장 주변에 남은 천둥새의 피를 전부 손등으로 지워냈다. 이후 물었다.

"너는 누구냐?"

"나락군주시여! 저, 저를 잊으셨습니까? 오스웬의 정신을 오염시키고자 직접 저를 이놈의 안에다 넣지 않으셨습니까?"

"기억이 안 난다."

"괘, 괜찮습니다. 나락군주님은 위대한 분! 드디어 돌아오셨군요. 진정한 신위를 얻으시고……!"

털썩!

오스웬의 탈을 쓴 녀석이 무릎을 꿇었다.

"이제 지저 세계는 안정될 것입니다. 이곳의 창조주가 되시어 저희들을 이끄소서!"

오스웬의 자아가 분열된 게 나락군주의 소행이라는 걸 알았다. 그 외에 그다지 영양가 있는 정보는 없을 것 같았다.

"오스웬의 진짜 정신은 어디에 있나?"

"나락군주님의 명령대로 갈가리 찢어놨습니다. 진실된 오스웬은 이제 없는 것과 같지요. 비록 신체는 엉망이지만 금세 회복하여 나락군주님의 충실한 개가 되어줄 것입니다."

아니다. 오스웬의 정신은 남아 있다. 그의 외침을 수없이 들었다.

'이놈도 잘 모르는군.'

정신을 분열시킨 외에 힘은 없는 듯싶었다. 자아들이 약해진 틈을 타서 잠시 육체를 지배한 게 전부였다. 무슨 일이 일어났는지도 모르는 눈치였다.

이러면 굳이 정체 모를 놈을 고집할 필요가 없다.

"오스웬의 자아들을 합치고 본래대로 복구할 방법은 없는가?"

"왜…… 아아, 분명 이유가 있으시겠지요. 예, 방법이 없지는 않습니다. 장갑의 저주를 풀고 다른 자아를 억누르면 됩니다. 오스웬의 자아가 표면 위로 올라오고 합쳐질 때까지 말입니다."

철석같이 내가 나락군주 본인임을 믿고 있었다. 알아서 오해를 해준다는데 굳이 진실을 밝힐 필요는 없었다.

"저주를 푸는 방법은?"

"저주를 풀 생각이십니까? 제가 저주를 걸기는 했습니다만 너무 오래되어 이미 한 몸처럼 되어 있습니다."

쉽지 않다는 말이다.

잠깐 턱을 쓸었다.

'저주는 저주를 건 주체를 제거하면 풀리게 되어 있다.'

심지어 그 주체도 알아냈다.

나는 오스웬의 눈을 똑바로 바라보며 말했다.

"그런데 언제까지 그 모습으로 서 있을 것이지? 괘씸하기 이를 데 없다. 본래의 모습을 드러내라."

"아…… 아아! 기, 기다려 주십시오. 어찌 이런 괘씸한 짓을!"

곧이어 힘을 잃은 것처럼 오스웬이 바닥에 누웠다. 그러자 오스웬의 머리 위로 연기가 피어올랐다.

연기는 이내 모양을 갖췄고 쉐이드의 형상을 갖췄다. 보통의 쉐이드보다 크기가 세 배는 컸다.

"이게 너의 본모습인가?"

"그렇습니다, 나의 군주시어!"

"이름은?"

"오드토라고 합니다."

"오드토, 수고했다."

"……!"

콰악!

반 영체의 상태라도 고농도의 마력이 있다면 타격을 주는 게 가능하다.

마력을 회복하지 못했지만 나는 달빛의 마력을 검에 스미게 하는 데 성공한 상태였다.

황제의 검을 들고 내려쳤다.

"왜……?"

횅하니 비어버린 가슴팍을 내려 보다가 오드토가 경악 어린 목소리로 말했다.

치명타를 입어서 점차 모습이 흐려지고 있었다. 머지않아 완전히 소멸을 맞이하리라.

검을 집어넣고 입을 열었다.

"나는 나락군주가 아니다. 랜달프 브뤼시엘이다."

그의 심장을 지녔으나 내 주체는 어디까지나 나 자신이었다. 랜달프 브뤼시엘이라는 마족이 나였다. 결코 오스웬처럼 분열되지는 아니할 것이었다.

차가운 눈빛이 오드토에게 향했다.

머지않아 오드토가 완전히 소멸했다.

툭!

장갑이 손에서 떨어졌다.

저주가 풀렸다는 증거였다.

'이건…… 오만이군.'

장갑을 손에 착용하자 자연스럽게 알 수 있었다.

칠 대 죄악 중 하나.

오만.

이로써 나는 네 가지 죄악을 모았다.

분노, 나태, 탐욕, 오만.

착용한 즉시 육체가 강해진 것을 느꼈다.

"여, 여긴? 여긴 어디인가?"

때마침 오스웬이 눈을 떴다.

"랜달프? 전쟁은? 왜 나는 이런 곳에 있는 거지? 막달리…… 그래, 막달리는 어디 있는가!"

아직도 오락가락한 기색은 있었지만 나를 알아보는 걸로 보아 분명히 남부 사령관의 자아였다.

'다른 자아를 억누를 방법.'

간단하다. 남부 사령관이 필사의 상처를 입자 다른 자아들이 떠올랐다.

마찬가지로 계속해서 깨어난 자아를 뭉개 버리면 언젠가 오스웬의 자아가 나타날 것이었다.

스릉!

“랜달프? 남부의 영웅이여. 어째서 검을…… 크아악!”

99번.

오스웬을 기절시키고 강제로 깨우길 반복한 횟수다. 그사이 몇 번 황혼의 대장장이로서의 자아가 깨어났지만 크게 혼란을 느끼고 기절한 것까지 합치면 백 번을 넘긴다.

다행히 그 이상으로 넘어가진 않았다. 마침내 조금은 안정된 모습을 보이기 시작한 것이다.

“당신은…… 누구십니까?”

“몇 번이나 말했을 텐데. 랜달프 브뤼시엘이다. 나는 반복하여 말하는 걸 싫어하니 앞으로 유의하도록.”

“기억이 마구 뒤엉켜 있습니다. 여러 인물의 기억이 혼재되어 있어요. 하지만 저는 대장장이 오스웬입니다.”

남부 사령관이나 다른 인격은 모두 가짜라는 소리다. 오스웬의 진정한 정체는 아이템에 나와 있었다시피 황혼의 대장장이였다.

“원래부터 둠 나이트였나?”

“아아…… 그러고 보니 몸도 바뀌어버렸군요. 세상에…… 나락군주. 그 잔인한 놈은 수천 년간 저를 가지고 논 겁니다. 절대로 찾지 못하는 균열 속에 칠 대 죄악을 버렸으니 그로서는 부아가 치밀었겠지요.”

균열이라. 어둠의 정령들은 균열을 다룰 줄 알았다. 어디서 구했나 싶었는데 균열 속에서 공짜로 건진 것이었다. 그것을 있는 대로 생색내며 팔았다.

오스웬이 고개를 돌렸다.

"제 기억이 이곳은 죽은 자의 세계이고 랜달프 그대는 남부의 영웅이라 합니다. 그런데 그대는 살아 있지 않습니까?"

"맞다. 나는 생자다."

"놀랍군요. 그 검도 왠지 눈에 익습니다. 분노와 황제의 검! 망토는…… 나태로군요. 황제의 검은 차치하고 나머지는 균열 속을 떠돌아야 할 물건들일진대. 어디서 찾으셨습니까?"

고민하였다. 있는 그대로 알려줘도 괜찮을까?

황혼의 대장장이 오스웬. 그에게는 기대할 게 많다. 웬만해선 나를 따르게 하고 싶었다.

한데 숨겼다가 나중에 내가 나락군주의 심장마저 가지고 있는 것을 알게 된다면 그때에는 알려줘도 늦다. 그럴 바엔 지금 알리는 편이 나을 수도 있었다.

조금 각색하여 나락군주의 심장과 황제의 검을 얻게 된 경위를 알렸다.

이야기를 들으며 오스웬의 표정은 시시각각 변해갔다.

"아아, 그런 일이……."

"믿을 수 있겠나?"

"믿지 않을 수도 없지요. 허, 나락군주는 그럼 소멸했겠군요. 그의 심장은 랜달프 그대에게 귀속되었고…… 막시움마저 그대를 나락군주로 착각한다. 일이 재밌게 돌아가고 있습니다.”

오스웬이 웃었다.

그간의 고통이 조금은 나았다는 듯이.

나락군주는 오스웬에게 있어서 원수나 다를 바가 없기 때문이다.

“오스웬, 여기서 어렴풋한 기억 따위를 찾고 있을 시간은 없다.”

설명은 이쯤이면 됐다.

오스웬의 자아 찾기에 시간을 너무 들였다.

이제는 움직일 차례였다.

“저는 남부 사령관이기도 했지요. 전쟁은 패배했으나 그래도 걱정하지 마십시오. 남부 사령관의 진짜 힘은 요새에 있지 않습니다.”

“그럼?”

“남부 사령관은 아무도 모르게 혼령기병 이천여 기를 숨기고 있었습니다. 혼령기병은 나락군주에게만 반응하게 되어 있지만 그의 심장을 지닌 그대라면 능히 깨울 수 있을 겁니다. 그 힘을 앞세워 저와 그대의 무사함을 알린다면 남부의 남은 힘이 모두 집결하겠지요. 천하의 막달리라도 한쪽 날개를 잃은 지금이라면 무난하게 승리할 수 있습니다.”

혼령기병.

어쩐지 귀에 익다.

'황제의 군세를 사용하면 나타나는 기병들이로군.'

나도 설명만 읽었다.

혼령기병이 무엇이고 고작 이천여 기로 이 상황을 타개할 수 있을지는 알지 못했다.

그러나 오스웬의 표정은 자신만만했다.

"저를 따라오십시오. 혼령기병을 깨우러 가겠습니다."

지친 몸을 이끌고 오스웬이 자리에서 일어났다.

삼 일 밤낮을 이동하자 원하는 목적지에 도착했다.

뼈로 이루어진 거대한 산.

해골 병사들이 마지막에 묻히는 장소였다.

"남부 사령관은 이곳 지하에 비밀스러운 장소를 만들었습니다. 그곳에 혼령기병을 숨겼어요. 왜 일까요?"

오스웬이 고개를 갸웃하며 말했다. 나는 피식 웃고 말았다.

"본인의 일 아닌가?"

"이해가 안 가서 그렇습니다. 대장장이인 저는 나락군주를 증오합니다. 반면 남부 사령관인 저는 나락군주 자체가 되고 싶어 했던 것 같습니다. 오랜 시간 나타나지 않는 주인을 대신하여 그 자체가 되자고요."

"시선의 차이가 있군."

"예, 저만 그런 게 아니라 대부분의 사령관이 그러할 것입니다. 그 상태가 워낙 오래되어…… 진짜 나락군주가 나타나도 쉬이 인정하지 못하겠지요."

오스웬의 말에는 과장이 전혀 없었다. 남부 사령관일 때의 기억이 고스란히 남아 있었으니 당연한 일이었다.

'막시움이 특이한 건가?'

막시움. 그는 멀리서 내 심장 고동 소리만 듣고도 나락군주의 것임을 알아차렸다. 심지어 전쟁터였음에도 모든 걸 뿌리치고 달려왔다.

반면 다른 사령관들은 그렇지 않을 수도 있다고 한다. 엠페러 나이트. 황제의 최측근이었던 막시움이 특이한 것이라고 나는 가볍게 결론지었다.

"시간이라는 건 참 특이합니다. 모든 걸 변하게 만들지요. 그들의 절대적인 충성심도 결국 시간이란 마수에게 당했습니다. 마모되고 어그러지며 거짓 충성심이 되어버린 겁니다. 그럼에도 그들과 다르게 이 세계에는 전혀 변화가 없군요. 참으로 슬픈 장소입니다."

오스웬은 시간이 날 때마다 이처럼 별거 아닌 감상을 늘어놓곤 하였다.

오랜 시간을 거쳐서 찾은 자아. 모든 게 변했고 본인도 원래의 모습과는 거리가 멀어졌으니 입이 간지러울 법도 했지만…… 전체적으로 슬픔이 스며들어 있었다.

"사령관들은 무엇을 바라고 있을까요? 나락군주는 이 멈춰 버린 세계에서 무엇을 하고자 했을까요. 왜 그토록 '신'이란 존재에 집착했는지 대장장이였던 저는 도저히 모르겠습니다."

"수호자의 운명을 벗어나고 싶었다고 들었다."

"확실히 그는 마계의 침략에서 중간계를 지키던 대표적인 인물이었습니다. 황제이되 황제가 아닌. 그리하여 그림자 황제라고 불린 자. 말년에 미쳐 버려서 '나락군주'라고도 불렸지요. 그런데 운명이라……."

오스웬이 서글픈 미소를 지으며 말을 이었다.

"참으로 우습습니다. 자신의 운명을 저주하며 남의 운명을 마구 꼬아놓는 이중성이라니. 칠 대 죄악이 그의 손에 들어갔다면 세상은 종말을 맞이했을 겁니다."

"칠 대 죄악은 네가 만든 것이 아닌가?"

"만들었습니다. 나락군주가 가져다 준 '신의 금속'을 가지고. 저도 무언가에 쓰인 듯이 몰두했지요. 그러나 완성이 되자 이해의 범주를 벗어난 물건이 되어버렸습니다. 일곱 개 모두가 모이면 멸망이 오리라는 걸 깨닫고 균열에 버렸습니다만, 어둠의 정령들이 주운 모양이군요."

씁쓸한 표정이었다.

산고 끝에 낳은 작품이 그러한 것이 될 줄은 전혀 예상을 하지 못한 듯싶었다.

"일곱 개를 모두 모으면 무슨 일이 벌어지지?"

세 개를 모으자 스킬 '타락'이 생겼다. 일곱 개 모두를 모으면 무슨 효과가 있을지 심히 궁금하였다.

"저도 잘 모릅니다. 확실한 건 착용한 자를 잡아먹고 멸망이 태어나리라는 것입니다. 그러니 지금도 충분히 도움을 받고 있을 것이니 더 이상 죄악을 모으는 건 그만두십시오."

"생각해 보겠다."

'착용한 자를 잡아먹고 멸망이 태어난다'라. 하지만 우연하게 칠 대 죄악이 만들어지진 않았을 터. 분명히 나락군주는 그것을 만들고 착용할 생각을 했다.

'나락군주가 의도했다면 나도 안 될 것은 없다.'

모든 이를 뛰어넘는 게 나의 목표다. 나락군주도 넓게 보아 그 범주 안에 있었다.

처음부터 나락군주가 세운 계획이었다면 나 또한 불가능하진 않을 것이었다.

"이쪽으로 오십시오. 혼령기병은 이 안에 있습니다."

끝이 보이지 않을 정도로 늘어선 뼈의 무덤들. 그중 하나의 앞에 멈춰 선 오스웬이 뼈들을 치우고 바닥을 짚었다.

바닥의 먼지를 털어내자 이상한 문양이 그려진 돌들이 눈에 띄었다.

쩌어억!

그 문양 위에 선 오스웬이 자신의 갈비뼈를 뜯었다. 괴이

하기 짝이 없는 광경. 묵묵히 지켜보자 오스웬이 우스갯소리로 말했다.

"언데드라서 그런지 별로 아프지는 않습니다."

"갈비뼈에 봉인과 반응하는 마력이 담겨 있군."

"단번에 알아보시는군요. 흠…… 이 기억이 확실하다면 이쯤에서."

문양 위에 갈비뼈를 올렸다. 곧이어 문양이 빛났고 스르릉! 소리와 함께 바닥이 열렸다.

"아! 꿈속의 일을 실제로 겪는 느낌입니다. 이 기억은 진짜예요."

"언제까지 떠들 셈이지?"

"흠흠, 죄송합니다. 이만 가 보지요."

호들갑을 멈춘 오스웬이 남부 사령관의 기억을 토대로 나를 안내하기 시작했다.

지하는 넓었다.

그리고 그 끝에서 거대한 사원을 발견할 수 있었다.

사원의 안쪽.

해골임에도 은은한 은색의 빛을 띠는 기병 이천여 기가 늘어서 있었다.

그들이 탄 뼈로 이루어진 말조차도 주변으로 빛을 내뿜는 중이었다.

자체 발광.

딱 그 표현이 어울린다.

"이들의 열쇠가 되는 건 황제의 검입니다. 검에 피를 묻히고 이들에게 명하십시오."

어렵지 않은 절차였다.

황제의 검을 들고 검지를 살짝 베었다. 피가 검을 타고 흐르자 나는 천천히 입을 열었다.

"깨어나라."

쿠르릉!

땅이 흔들렸다.

휘이이이익!

신음과도 같은 소리가 바람을 타고 흘러든다.

이윽고 혼령기병들의 공허한 눈에 빛이 서렸다.

척! 척!

허리를 펴고 정렬한다. 그 장엄한 모습에 나는 고개를 주억일 수밖에 없었다.

"훌륭하군."

혼령기병 이천여 기.

모두가 나를 따르며 움직인다.

다른 혼령기병의 말에 얻어 탄 오스웬이 신기하다는 듯 주변을 둘렀다.

"기억 속에서도 움직이는 걸 본 적이 없습니다만, 정말 대단한 군세입니다. 나락군주가 숨긴 최후이자 최고의 힘이 이들이라 하던데 과연 그럴 만합니다."

연이은 감탄이었다.

나는 전방을 살피다가 말했다.

"남부의 중요 거점이 요새만 있지는 않을 것이다. 다른 기지들도 존재하겠지. 우리는 그곳을 친다."

"좋은 계획입니다. 지금쯤이면 막달리가 모든 것을 먹어치운 뒤겠지요. 위치는 제가 알고 있으니 이동 자체가 어렵지는 않을 겁니다. 다른 기지들을 탈환하고 우리의 생존을 알린다면 남부의 남은 힘이 모여들 거고……."

"여기서 가장 가까운 거점은 어디지?"

"북서방향으로 이틀만 달리면 됩니다."

"그럼 가자."

말을 타고 달렸다.

이천 여의 혼령기병이 모래먼지를 일으키며 내 뒤를 따랐다.

사령관 막달리를 모시는 서열 3위의 차우룽. 리치인 그는 남부의 전진기지 중 한 곳을 점령하고 병사들의 사기를 돋우는 중이었다.

젤림의 나뭇가지로 담근 술을 마시며 그가 성벽에 올랐다.

'막달리 님은 최고 사령관이 될 것이다.'

백여 년이 넘는 시간 동안 사령관이 흙으로 돌아간 일은 없었다. 그런데 이번에 남부 사령관을 없앴다. 바람이 불기 시작했고 이 바람은 막달리를 최고 사령관의 자리로 올려줄 것이 자명했다.

'잔혹한 사령관 막시움도, 다른 사령관들도 이제는 막달리 님을 함부로 여기진 못할 터.'

믿고 따르는 이가 잘나가자 차우릉도 덩달아 기분이 좋아졌다.

상상대로만 된다면 서열 3위인 자신은 막중한 자리를 얻을 수 있으리라.

황제의 보물 창고를 열고 그곳의 보물의 상당 부분을 하사받는다면 지금보다 강해지는 것도 꿈은 아니다.

"음?"

병사들의 인사를 받으며 성벽을 거닐 때였다.

저 멀리서 수많은 영롱한 빛이 시야에 들어왔다.

'저건 뭔가?'

안력을 돋우었다. 집중하자 곧 이곳으로 달려오는 빛무리의 정체를 파악할 수 있었다.

"……습격이다! 전열을 가다듬어라!"

말을 탄 병사 이천여 기가 기지를 향해 돌격하고 있었다.

혼령기병의 돌진력은 상상을 초월했다. 혼령기병 중에서도 유독 거대한 이가 성문을 그대로 들이받았다.

콰르르릉!

그대로 성문이 쪼개지며 입구가 훤히 들어났다. 그 사이를 혼령기병들이 뚫고 들어갔다.

이후 학살이 시작됐다.

다른 단어는 필요가 없었다.

'마음에 든다.'

단순하고 무식하기 짝이 없는 방법이지만 나도 이런 식의 전투를 싫어하진 않는다.

검을 들며 주변을 살피다가 성벽 위의 리치를 발견했다. 저놈이 이곳의 대장이라는 걸 순식간에 눈치채고 몸을 날렸다.

"네놈은 누구냐?"

리치가 말했다.

가볍게 웃고는 분노를 꺼내 들었다.

"남부의 영웅이라 하더군."

일만의 병력을 고작 이천의 기병으로 몰살시켰다. 서열 3위의 차우릉도 접전 끝에 격살할 수 있었다. 오만의 도움도 있기는 했지만 나 자신의 순수한 강함이 어느덧 이 수준에 이른 것이다.

물론 피해가 아예 없지는 않았다. 혼령기병 300여 기가 흙으로 돌아갔다. 그럼에도 대승이라 아니할 수 없다.

승리의 여운을 즐기고 있을 그때, 오스웬이 다가와서 입을 열었다.

"소문을 퍼뜨리겠습니다. 남부 사령관과 남부의 영웅이 살아남아 역전을 노리고 있다고."

"시간이 없다. 요새를 안정화시킨 즉시 막달리가 기지를 향해 달려올 것이다."

"막달리는 확실한 싸움이 아니거든 잘 움직이지 않습니다. 몇 번 견제 형식으로 부대를 보내고 이쪽의 힘을 파악한 뒤 움직이겠지요."

"최대한 빠르게 진행하도록."

오스웬이 곁을 벗어났다.

막달리가 움직이지 않으면 최상이지만, 전쟁이다. 전쟁의 양상은 한 치 앞을 내다보기 힘들다. 그가 늦게 움직일 것이라고 믿고 준비하지 않는 것은 멍청한 짓이었다.

'제프, 토리엄.'

성벽 위에서 저 먼 지평선을 바라봤다.

소문이 퍼진다.

살아 있거든, 이곳으로 올 것이다.

한 달.

그사이 오만에 달하는 전사가 모였다.

남부 곳곳에 퍼져 있던, 오스웬을 따르던 이들이다.

그간 막달리는 간을 보는 식으로 수차례 병력을 보냈다. 그럴 때마다 무참하게 패배하고 발길을 돌릴 수밖에 없었다.

더불어서 혼령기병에 대한 이야기도 지저 세계 전체에 퍼지게 되었다.

하여, 나는 나 스스로를 밝히기로 했다.

황제의 검을 들고 나락군주의 심장 소리를 사방에 울리며 막달리의 끝을 향해 달려 나갔다.

나락군주가 쳐들어온다. 그러한 소문이 퍼졌는지 적군의 사기는 최악이었다.

"너는…… 나락군주가 아니다!"

반면 막달리는 최후의 최후까지 인정하지 못했다.

발악하며 사령관으로서의 자존심을 내세웠다.

그의 속에서 나락군주는 이미 '없는 자'였다. 불현듯 나타난다고 해도 믿지 못하는 게 당연하다.

하지만 막달리의 눈빛에는 두려움이 가득했다.

그럴 수밖에 없었다. 황제의 검, 나락군주의 심장, 하물며 나락군주만이 다룰 수 있는 혼령기병이 움직였다. 막달리의 처벌을 위해 먼 길을 달려왔다.

아무리 부정해 봤자 본심은 초조했으리라.

"맞다. 나는 나락군주가 아니다."

나 역시 딱히 부정할 생각은 없었다.

나는 랜달프 브뤼시엘이다. 나락군주 따위가 아니었다.

분노와 황제의 검을 높이 들었다.

막달리가 비명과 함께 흙으로 돌아갔고…… 마침내, 남부의 전쟁이 막을 내렸다.

Chapter 44
마지막 전쟁

요새를 수복하고 남부 사령관 오스웬이 본래의 자리를 되찾았다.

나에 대한 소문은 지금 이 순간에도 시시각각 지저 세계에 퍼져 나가는 중이었다.

나락군주의 심장, 황제의 검을 든 자.

내가 진정으로 그들의 군주인지 궁금해하는 병사가 많았다.

하지만 정식으로 공표할 생각은 없었다.

그저 소문만 흘리는 게 전부다.

'막시움, 어찌 나올 것이냐.'

막달리가 그랬듯이 사령관들은 쉽사리 움직이지 않을 것이다. 어쩌면 아예 믿지 않을 수도 있었다.

그러나 단순한 소문이라도 이름이 함께 개재된다면 움직임을 보일 자가 하나 있었다.

잔혹한 사령관 막시움.

그는 나를 안다. 황제의 검을 넘기며 후일을 기약했다. 그러나 지금의 나는 시스템을 벗어났고 과연 그것을 막시움이 어찌 받아들일지 알 수 없었다.

전과 같이 환호하며 달려올까?

아니면 적대할까?

물론 그 반응을 기다리고 있을 생각은 추호도 없었다.

요새를 안정화시킨 뒤 나는 본격적인 움직임을 보이기 시작했다.

바람이 분다.

한번 탔으니 끝까지 가 보는 게 계획이었다.

'내가 중심이 되겠다.'

모든 사령관의 동의가 있어야 보물 창고가 열린다.

나를 따르지 않는다면 철저하게 부술 뿐.

"따르라!"

작은 바람.

움직이자 날카로운 돌풍이 되었다.

남부를 벗어난 병력들이 대거 이동한다. 중부를 향해 거침없이 나아가며 파란을 예고했다.

사령관의 숫자는 총 열둘이었다. 그중 막달리가 흙으로 돌아갔고 오스웬이 내 쪽에 있으니 남은 사령관은 열.

그들이 나를 어떤 식으로 받아들이냐에 따라서 앞으로의 전개가 달라질 것이었다. 하지만 나는 그들이 판단을 내리기 전에 단두대 앞에 세워놓을 작정이었다.

억지로라도 선택할 수밖에 없도록 말이다.

남부의 세력, 막달리의 병사들을 어느 정도 흡수하고, 거기다가 혼령기병마저 합세했다.

최고의 세력 중 하나가 되었다고 해도 과언이 아닌 상황.

"약자부터 잡아먹는다."

이 세계는 약육강식이었다.

나는 가장 약한 사령관부터 차근차근 잡아먹기로 결정을 내렸다.

그들이 경악하며 준비하기 전에.

빠르게 세력을 부풀려서 그들이 주장하는 '정통성'이 모두 거짓임을 만천하에 밝히겠다.

'주인을 문 개는 살아 있을 가치가 없지.'

창고를 벗어나 세력을 키운 사령관들을 비유하자면 이 이상 가는 게 없었다.

염치없게도 스스로가 황제가 되길 은연중 꿈꾸고 있다는 방증이 아닌가.

그나마 내게 붙어 열심히 꼬리를 흔들겠다면 정상 참작의 여지가 있지만 아직까지는 접선해 온 이가 없었다.

이해는 한다.

돌연히 나락군주가 나타났다는 소문을 쉬이 믿지 못하는 것이겠지.

더불어서 진짜 나락군주라면 막달리를 없앨 리 없다고 생각하지도 모른다.

'고뇌하고 방심하라. 시간이 지날수록 목줄은 더욱 강하게 너희의 목을 조이리라.'

하지만 어디까지나 '이해'만 한다는 것이었다.

나는 칼을 갈았다. 칼은 매우 날카로웠고 닿으면 즉사할 정도의 맹독을 품고 있었다.

무엇보다 전장에 설 때마다 내 무력은 놀라울 정도로 강해지고 있었다.

시간은, 온전히 나의 편이었다.

승승장구.

중부의 사령관들을 무릎 꿇리며 거침없이 나아갔다. 벌써 셋에 달하는 사령관이 흙으로 돌아갔다. 이로써 남은 사령관의 숫자는 여덟. 내가 처리해야 할 숫자는 일곱이었다.

세력도 빠르게 불어났다. 이 정도면 천하의 막시움과도 한판 벌일 수준이 되었다.

그러나 세 번째 사령관의 목을 따고 얼마 안 있어서 누군가가 내 요새에 찾아왔다.

그는…… 막시움이었다.

"황제 폐하! 진정 황제 폐하란 말입니까?"

"오랜만이군."

털썩!

이곳은 내 막사 안이었다. 이곳에 있는 이라곤 나와 막시움뿐이었고 그 외에는 누구도 들이지 않았다.

막시움은 나를 본 즉시 한쪽 무릎을 꿇었다.

"한참이나 늦은 점, 용서하여 주시옵소서. 누군가가 황제 폐하를 사칭한다고 생각하여 움직이지 않았나이다. 누군가의 함정이라고 여긴 것입니다. 황제 폐하께선 그곳에서 이룰 것이 있다고 하셨기에……."

과연, 그런 이유였던가.

나는 고개를 주억였다.

"개의치 않는다."

"하나, 다른 사령관들을 압도하는 모습에서 신 막시움은 황제 폐하의 재림을 믿을 수밖에 없었습니다. 배은망덕하기 그지없는 놈들이니 결코 내버려 두지 않으실 작정이셨겠지요!"

막시움이 주먹을 불끈 쥐었다. 나는 얕게 미소 지으며 그간 궁금했던 점을 물었다.

"막시움, 중립을 지키고 있었다고 들었다. 그러다가 갑자기 움직이기 시작한 이유가 무엇이냐? 너도 보물 창고를 노리는 것인가?"

막시움이 고개를 휙! 들고는 냅다 저어 보였다.

"그럴 리가 있겠습니까? 황제 폐하를 알현한 뒤 쓰레기들을 정리하고자 움직이기 시작했을 따름입니다. 황제 폐하에 대한 충절이 변질되어 찌꺼기가 되어버린 그들이 계속해서 남아 있거든 황제 폐하께서 돌아오셨을 때 크나큰 실망을 하실 듯하여……."

그가 움직이기 시작한 건 내가 원인이었다는 뜻이다. 이전까지 방관하고 있었던 죄가 있기는 했지만 나는 나락군주가 아니었다. 굳이 막시움을 처벌할 필요는 없었다.

"그렇다면 막시움이여, 나를 따라 변질된 사령관들을 단죄하겠는가?"

"당연합니다. 그러기 위해서 찾아왔나이다. 신 막시움과 30만의 병사가 황제 폐하를 따를 것입니다."

"좋다. 너만은 의심하지 않겠다."

"감사합니다!"

막시움이 이마를 바닥에 찧었다.

"하온데…… 그곳에서의 일은 전부 성사하셨습니까?"

슬쩍 고개를 들고 말하자 나는 별거 아니라는 듯이 답했다.

"이곳의 일을 처리하고 다시 돌아갈 것이다."

"지저 세계를 이끄시는 건 나중이 되겠군요."

살짝 실망한 기색이다. 그럴 법도 했다. 지저 세계에서 무수히 긴 시간을 그저 기다리기만 하지 않았나. 드디어 돌아왔다 싶었는데 돌아간다 하니 상심이 클 것이다.

"막시움, 확실한 건 없다. 그리고 기다린다고 하더라도 그 시간은 짧을 터."

이미 그는 내가 기억상실에 걸렸다고 굳건하게 믿는 상태였다. 무슨 행동을 하든 따를 준비가 되어 있었다.

게다가 보물 창고에 돌아갈 방법이 있다면 이곳으로 돌아오는 방법도 있을 것이다. 어쩌면 이곳과 던전 자체를 잇는 게 가능할지도 모른다. 그런 가능성이 있으니 쉽게 말할 수는 없었다.

"신 막시움, 흙으로 돌아갈 때까지 황제 폐하를 곁에서 보조하겠나이다."

막시움이 모든 의심과 상심을 접었다.

앞으로 끊임없이 격전이 치러질 것을 감안하면 막시움의 태도는 올바르다 할 수 있었다.

이로써 막시움이 내게 합류했다.

단번에 전력이 두 배 이상 껑충 뛰었다.

더는 두려울 게 없었다.

따르지 않는 사령관들을 빠르게 없애고 보물 창고를 열 절호의 기회가 찾아온 것이다.

진정으로 내가 이 지저 세계의 중심에 급부상한 날이었다.

막시움과 남부가 동맹을 맺었다는 소문이 빠르게 번져 나갔다. 이에 위험을 느낀 사령관들이 대거 합류하기 시작했다.

나로서는 나쁠 게 없었다. 세력은 충분히 모았고 내 자신의 힘도 만족할 만큼 키웠다.

"사령관들이 모이기 시작했습니다. 모이기 전에 처리하는 것도 한 가지 방법이 될 것입니다."

막시움이 조언했다. 하지만 내 생각은 달랐다.

"내버려 두어라. 한 번에 처리하겠다."

일망타진의 기회.

하나씩 찾아가서 쓸어버리는 건 시간이 너무나도 오래 걸린다.

셋을 처리하는 데에도 60일가량을 잡아먹었다. 그것도 그들이 방심할 때 빠르게 쳐서 그 정도다. 지금이라면 배로 걸려도 이상할 게 없었다.

'대비하고 있을 테지.'

어차피 내게 숙이려는 기색은 전혀 없었다. 전력을 가다듬으며 틈이 보이기를 기다리고만 있을 것이었다. 굳이 찾아가서 시간을 끌 바엔 전부 모아서 단번에 쓸어버리는 것이 낫다.

"막시움과 오스웬은 들어라. 병사들을 훈련시키고 최후의 전쟁을 대비하라. 단 한 번으로 모든 걸 끝내겠다."

"신 막시움, 황제 폐하의 명을 따릅니다."

"신 오스웬, 황제 폐하의 명을 따릅니다."

둘은 내 권속과 같았다.

막시움이야 둘째 치더라도 오스웬은 이 상황 자체를 즐기는 듯싶었다.

모든 이가 나를 나락군주로 착각하고 행동하는 것을 끝까지 지켜볼 셈이었다.

'나도 준비를 해야겠군.'

하이엔달의 검술.

그것을 완성하기 직전이었다.

단서는 잡았고 연습만 조금 하면 검술을 온전히 나의 것으로 만들 수 있었다.

'길어야 수개월이다. 그 안에 완성시킨다.'

입을 꽉 다물며 연무실로 향했다.

양손에 든 분노와 황제의 검이 흥분으로 가늘게 떨렸다.

삼 개월.

적들이 모두 모이는 데 들어간 시간이다.

우습게도 남은 여섯의 사령관이 모두 일시적인 동맹을 맺었다.

나와 막시움을 견제하고자 모인 것치곤 과하다. 나락군주에 반응을 한 것인지 단순히 위협을 느껴서 그런 것인지는 몰라도 덕분에 일이 편해졌다.

내 군세는 50만에 이르렀다. 이만한 대군을 지휘해 본 적은 없지만 훌륭한 사령관 두 명이 곁에 있었다. 이들을 사용하지 않고 무작정 홀로 지휘하는 건 무모한 일이었다.

적의 군세는 60만가량.

숫자가 조금 더 많다.

하지만 긴 시간 서로를 배척한 여섯이 모여서 겨우 만든 숫자다.

손과 발이 맞지 않을 건 자명했고 그와 달리 내 군세는 나를 중심으로 똘똘 뭉쳐 있었다.

"죄송합니다. 신이 무능하여 저들의 마음을 돌리지 못했습니다."

막시움은 끝까지 면목이 없다는 자세를 취했다.

이곳은 보물 창고의 앞이었다.

마지막 전쟁이 치러지는 장소로는 안성맞춤이었지만 나와 적대하는 사령관들을 보자 재차 미안해지는 모양이었다.

원래라면 저들은 나를 따라서 지저 세계를 이끌 존재였던 탓이다.

"어찌 그것이 너의 죄겠는가. 시간의 굴레를 벗어던지지 못하고 변질된 저들의 잘못이지."

황제의 검을 높이 뽑아 들었다. 그리고 적을 향해 겨눴다.

"막시움, 그럼에도 잘못을 느낀다면 저들의 목을 내 앞에 진상해라. 충분히 시간과 기회를 주었음에도 나를 거부하고

적으로 나선 저 무례한 것들의 목을 말이다. 그리하면 용서하겠다."

"명을 따릅니다. 염치없는 사령관들의 목을 모조리 따서 황제 폐하에게 진상하겠나이다."

조금은 면죄가 되었는지 막시움이 기운을 차렸다.

나는 재차 전방을 살폈다.

총합 100만이 넘는 무리가 보물 창고 앞에 모였다.

너른 평야. 아무런 특색 없는 산 하나만을 옆에 둔 채 대치하고 있었다.

승자만이 보물 창고의 문을 열 수 있다.

패자는 조용히 흙으로 돌아가리라.

"돌격하라!"

나는 외쳤고 동시에 빠르게 가장 선두에서 달려 나갔다.

마지막 전쟁의 시작이었다.

죽음의 냄새가 곳곳에서 흐른다. 익숙하다. 마치 고향과 같은 아늑함이었다.

은은한 달빛이 서린 분노와 황제의 검을 휘두를 때마다 수많은 적이 쓸려 나갔다.

촤악! 촤르륵!

검이 돌고 내가 돈다.

무아지경!

완성된 하이엔달의 검술은 놀라웠다. 이에 나는 몰입하며 이윽고 나 자신마저 잊어버렸다.

검을 휘두르고 적을 베는 게 반복될수록 내 안에서 무언가가 변하고 있음이 느껴졌다.

변화는 매우 자연스러웠고 나도 그를 당연하게 여겼다.

방전된 마력이 돌아왔으며 심장이 빠르게 요동쳤다.

쿠아아아앙!

그러자 잠든 뇌신이 깨어났다.

뇌신은 내 앞을 막아선 모든 적을 불태웠다.

오랜만의 재회지만 불과 몇 분 전 만난 것처럼 아무렇지도 않게 행동했다.

시간이 지날수록 나는 점차 빨라졌다.

달빛은 더욱 강렬해졌고 심장도 폭발할 듯 경종을 울려댔다.

시간이 가속하며 모든 것이 빠르게 지나갔다.

'아!'

어느 순간 정적이 찾아들었고 그와 동시에 나는 각성했다.

용솟음치는 힘!

모든 게 돌아왔음을 느꼈다.

과거보다 더욱 강해졌다는 사실도 알았다.

내 한계가 넓어지며 성장할 발판이 만들어진 것이다.

'한계 돌파.'

그렇다. 처음 겪는 감각. 그러나 확신한다. 한계 돌파라고. 내 잠재력의 한계치가 크게 상승했다고!

입가에 미소를 띠었다.

가속된 시간이 돌아오고 무아지경에서 깨어났지만 기분이 무척이나 좋았다.

이래서였나?

이래서 대공들이 한계 돌파의 비법을 감췄던 것인가.

'나는 완성되어 가고 있다.'

지저 세계에 도달한 것은 결과적으로 내게 큰 도움이 되었다.

만약 그러지 못하고 다른 것에만 기댔다면 결국 나는 패배했을 것이다.

그러나 앞으로는 아니다.

그들과 동등, 혹은 그 이상으로 성장할 원동력을 얻었다.

하지만 그 전에 먼저 해결할 일이 있었으니.

'전쟁을 종결시켜야겠지.'

종결자의 등장이었다.

Chapter 45
귀환

전쟁은 장장 삼 일 동안 계속해서 이어졌다. 밤낮으로 쉴 새 없이 몰아붙이며 엎치락뒤치락하는 중이었다.

그러나 모든 힘을 되찾고 전보다 강해진 나는 이미 이곳에서도 최강자였다. 뇌신으로 주변 적들을 태우며 오로지 사령관만을 노렸다.

내 의도를 알아차린 오스웬과 막시움이 병력을 끌고 난입을 시도했다.

그 결과, 사 일째 되는 날 저녁, 적이었던 여섯 사령관 모두를 흙으로 돌려보낼 수 있었다.

그들은 내 검이 목에 닿기 전 말했다.

"모든 걸 잊고 싶었다."

"단지, 꿈꿨을 뿐이거늘!"

멈춰 있는 세계.

시간만이 무수히 흐른다.

그 과정에서 이들은 지치고 말았다.

누군가가 자신을 단죄해 주길 기다리고 있었을지도 모르겠다. 한결같이 흙으로 돌아가기 전 평안하기 그지없는 표정을 지어 보인 것이다.

나락군주를 따라서 더 긴 세월을 견뎌 낼 자신이 없었던 것이다.

사령관들이 사라지자 남은 적군의 사기가 급속히 저하했다. 도망을 치거나 아예 포기해 버린 적군이 속출했고 남은 이들을 빠르게 정리함으로써 전쟁의 승리를 알렸다.

드디어 지저 세계에서의 할 일을 모두 끝낸 것이다.

전쟁이 끝난 직후.

나는 거대한 산 앞에 섰다. 이곳이 바로 나락군주가 묻은 보물 창고가 존재하는 장소였다.

'이곳에 돌아갈 방법이 있다.'

있어야만 했다. 내 진짜 목표는 어디까지나 마왕이 되는 것이다. 지저 세계에서 군림하는 것도 나쁘진 않지만 목표를 잊지는 않았다.

이곳을 빠져나가서 빠르게 상황을 살펴야 한다. 오쿨루스가 죽은 뒤 지구는 혼란의 도가니에 빠졌을 가능성이 컸다.

시간이 얼마나 흘렀을지도 주요 관건이었다. 이곳에서 보낸 시간은 반년이 조금 넘었지만 차원과 세계 자체가 다르다면 시간의 흐름도 다를 수가 있었기 때문이다.

"혼들이 빨려 들어가는군."

나는 가만히 전면을 바라보다가 말했다.

산의 전면이 거대한 입구였다. 그곳으로 흙으로 돌아간 사령관들의 혼이 빨려 들어가고 있었다.

"사령관들이 몸을 잃으면 보물 창고로 그 혼이 빨려 들어가도록 설계가 되어 있습니다. 황제 폐하, 저와 오스웬이 보물 창고에 손을 얹은 뒤 가운데 입구에 검을 꽂으면 창고가 열릴 것입니다."

막시움이 설명했다. 나는 고개를 끄덕였다.

문의 아랫부분에 열쇠 구멍과 같은 것이 있었다. 저곳에 검을 꽂으라는 말이었다.

머지않아 막시움과 오스웬이 보물 창고를 지키는 커다란 문에 손을 댔다.

나도 황제의 검을 뽑아 들었다. 이후 구멍 안에 밀어 넣자 세계가 흔들리기 시작했다.

[시스템 복구 완료.]

[보호 시스템이 작동합니다.]

[마족 '랜달프 브뤼시엘'에 대한 상세 정보가 갱신됩니다.]

[불가능한 업적! 최초로 미지의 세계에 발을 들였습니다.]

[시스템이 지저 세계에 대한 정보를 새깁니다.]

[마족 '랜달프 브뤼시엘'의 던전과 '지저 세계' 사이에 균열이 생성되었습니다. 연결 고리를 형성 중입니다. 1%, 2%…….]

[5,000,000pt를 획득했습니다.]

[업적 점수 3,000점이 추가됩니다.]

['나락군주의 보물 창고'를 열었습니다. 판단 불가한 업적입니다. 비슷한 업적을 검색합니다.]

[4,000,000pt를 획득했습니다.]

[업적 점수 2,800점이 추가됩니다.]

[업적 상점에 보물 창고의 목록이 더해집니다.]

[믿기지 않는 업적! 최초로 한계 돌파에 성공했습니다.]

[1,500,000pt를 획득했습니다.]

[업적 점수 1,000점이 추가됩니다.]

[놀라운 업적! 최초로 5만 마리의 마수를 홀로 처리했습니다.]

[1,000,000pt를 획득했습니다.]

[업적 점수 500점이 추가됩니다.]

[굉장한 업적! 최초로 최상급의 언데드 두 마리를 굴복시켰습니다.]

[칭호 '언데드(Ex U)'를 획득합니다.]

[1,200,000pt를…….]

[대단한 업적…….]

…….

['지구'로 강제 전이됩니다.]

Dungeon Hunter

대균열.

그 안으로 나는 빨려 들어갔다.

눈을 떴을 때 주변의 모든 게 달라져 있었다.

'지구.'

주변의 공기와 마력. 반년 만에 맡아보는 익숙한 내음.

이곳은 지구였다.

돌아왔다.

하지만 던전의 근처는 아니었다.

"갑자기 사람이 나타났어!"

"젠장, 뭐 하는 거야? 어서 피하라고!"

유독 얼굴이 하얀 인간들.

백인이라 칭해지는 그들이 나를 바라보며 안절부절못했다.

주변으로는 높은 건물들이 즐비하게 세워져 있었다. 그러나 대부분이 반파되었고 여기저기에 깔려 죽은 인간이 많았다.

'몬스터 웨이브로군.'

나를 본 마수들이 내 쪽으로 발을 옮겼다.

군침을 흘리며 다가왔다.

내가 막 검을 꺼내려는 찰나, 두 개의 균열이 연달아 일어나며 그 틈으로 무언가가 튀어나왔다.

"여기는……?"

"오오, 황제 폐하!"

바로 오스웬과 막시움이었다.

대균열이 일어날 때 둘도 함께 온 듯싶었다.

오스웬은 지구가 처음이었기에 어리둥절한 모습이었고 막시움은 익숙한지 여유로움을 내비쳤다. 난데없이 지구로 떨어졌지만 그런 경험도 막시움은 이미 한 번 겪어본 덕분이다.

"주변의 모든 마수를 정리하라."

분노와 황제의 검을 꺼내 들었다.

누구의 휘하에 있는지 모를 마수보다는 인간과 이야기가 더 잘 통한다.

주변을 정리한 후 이야기를 나눠보면 현재의 상황을 보다 잘 파악할 수 있을 것이었다.

10여 분 후.

각성자들이 달려왔지만 이미 상황은 종료되어 있었다.

단 셋이서 오백에 달하던 마수를 깡그리 죽여 버린 것이다.

모든 이가 놀라서 할 말을 잃었다.

주변의 참상을 조용히 바라보며 놀라워 할 따름이었다.

"그대는 마족입니까?"

오십의 각성자 중 대표로 보이는 이가 앞으로 튀어나와 거리를 유지하며 말했다.

나 혼자는 몰라도 오스웬이나 막시움은 마수 이상으로 보이지 않았을 것이다.

그나저나…… 단도직입적으로 마족임을 묻는다. 내가 지구에 있었을 때와는 조금 달라진 듯했다.

'마족의 존재가 두드러진 건가?'

확실히 시간이 흐르긴 한 것 같다. 나는 검을 집어넣고 입을 열었다.

"소환사다."

극히 드물긴 하지만 각성자들 중에는 소환사도 있었다. 미지의 존재를 소환하여 사육하는 데 의심을 벗어던지기 안성맞춤인 직업이다.

내 말을 들은 대표가 고개를 크게 끄덕였다.

"아! 소환사이시군요! 혹시 어디 소속의 각성자인지 물어봐도 되겠습니까?"

"한국, 천명회 소속. 데빌헌터 공격대의 공격대장이다. 이만하면 되었나?"

"한국…… 천명회, 입니까?"

반응이 영 석연치 않다. 불신이 눈에 새겨졌다. 나는 인상을 찌푸리며 말했다.

"현재의 연도와 날짜를 알고 싶다."

"2021년 7월 13일입니다만."

"2021년? 확실한가?"

"확실합니다."

쯧!

혀를 찼다.

역시 시간의 흐름이 다르다.

1년 8개월 정도가 지난 것이다.

그렇다면 이들의 태도가 이해되었다. 마족들이 본격적으로 움직이기 시작하고 그들의 존재가 백일하에 드러났으리라. 다짜고짜 마족이냐 묻는 것도 그런 차원에서였다.

"그나저나…… 정말 한국에서 오셨습니까? 그곳은 지금 아무도 나올 수 없을 텐데요?"

각성자의 대표는 의심의 눈초리를 지우지 않았다.

슬쩍 검으로 손을 대며 나를 배제할 준비를 한다.

절도 있는 동작.

그사이 각성자들의 수준도 많이 올라간 것 같았다.

'심안을 열면 되었지.'

그간 사용을 안 한 탓인지 그만 깜빡하고 있었다.

심안을 열어서 각성자들의 수준을 파악했다.

이름 : 에드가 쉰

직업 : 용사(전사)

칭호 :

*생존자(R, 힘+4)

*1,000번의 전투에서 승리한(U, 체력+7)

능력치 :

힘 65(+4)

지능 41

민첩 44

체력 48(+7)

마력 48

잠재력 (246+11/311)

특이사항 : 없음

스킬 : 일격필살(U), 정신집중(R)

이곳에 모인 각성자 대부분이 이와 비슷한 수치를 나타내고 있었다.

놀랍다. 1년 8개월 만의 변화라곤 믿을 수가 없었다. 내가 있을 당시 이 정도 능력치를 보유한 이는 없었다.

이들을 최정예가 아닌 평균치로 여길 경우, 가장 선두에 선 인간들은 능력치 총합 300을 넘길 수도 있을 것 같았다.

이는 그간 여러 가지 상황이 급변했음을 뜻했다.

"아무도 나올 수 없다는 게 무슨 뜻이지?"

"혹시 이 근처의 어디 산 같은 곳에 있었습니까?"

"2년 정도 그 비슷한 곳에 있었다.

"아, 그러면 모를 수도 있겠군요."

각성자 대표가 검에서 손을 뗐다. 의심을 거의 지운 모습이다.

이어서 그가 말했다.

"한국은 여러 마족의 공격 아래에 있습니다. 사방을 막고 토끼몰이를 하듯이 몰아가고 있어요. 마족들의 목표는 한국의 던전과 각성자들인 것 같았습니다."

여러 마족의 공격 아래에 있다?

그나마 아직 점령되지 않은 걸 다행으로 여겨야 할까?

숨을 골랐다. 섣불리 판단하여 움직이는 건 악수를 둘 가능성만 키운다.

그보다는 확실하게 전후 사정을 들을 필요가 있었다.

"언제부터지?"

"1년 전부터 계속된 일입니다. 전기가 모두 끊기고 공중형 마수들이 하늘도 점거해서 연락 자체가 불가능한 상황이에요. 뭐, 그런 상황에 처한 나라가 한국밖에 없는 것은 아닙니다만. 이곳에도 천사들과 마족들이 싸우는 와중이라…… 인간들은 안중에도 없지요. 에휴!"

각성자들 전원이 한숨을 내쉬었다.

천사들까지…….

'여유 부릴 시간이 없다.'

생각한 것보다 최악이다.

아예 손쓸 겨를이 없어지기 전에 움직여서 상황을 타개해야만 했다.

"아무튼 구조에 감사드립니다. 소환사는 굉장히 드문데 오늘 눈이 다 호강하는군요. 제 이름은 에드가. 미국 '골든타임' 길드의 마스터…… 헉!"

몸을 돌렸다. 땅을 박차며 있는 힘껏 달려 나갔다.

순식간에 내 인영이 눈앞에서 사라지자 각성자들이 웅성대며 소란을 떨기 시작했다.

"공간 이동 스크롤이라도 사용한 건가?"

골든타임 길드의 길드마스터 에드가. 그는 눈을 깜빡이며 내밀었던 손을 조심스럽게 회수했다.

기본적인 것들은 회복되었지만 아직 이히와의 연결이 회복되지 않았다. 결국 던전의 상황을 확인하려면 직접 눈으로 보는 수밖에 없다는 뜻이었다.

"여기가 지구라는 곳입니까? 놀랍군요."

오스웬에겐 나락군주의 심장을 얻은 경위를 설명하며 어느 정도 이야기를 해놓았었다. 적어도 내가 마족이며 마왕이 되고자 싸우고 있다는 것쯤은 알았다.

"황제 폐하께선 여기서 이룰 일이 있다. 잠자코 따라라."

막시움이 무게를 잡고 말했다.

나를 따라 둘은 함께 이동하는 중이었다.

"당연히 따라야지요."

오스웬이 가볍게 웃었다. 아마도 오스웬은 이 상황 자체를 즐기고 있는 것 같았다. 막시움이 나를 나락군주라고 착각하며 따르는 걸 통쾌하게 여겼다.

그러나 그들의 대화 소리보다 나는 전방을 살피는 데 여념이 없었다.

'곧 한국이다.'

거리가 있음에도 벌써부터 마수들이 시야에 들어오기 시작했다.

대개가 중급이었지만 나는 더욱 속도를 올렸다.

보석 왕관, 보석 방패, 요정 기사의 검을 착용하여 완전무장을 끝낸 이히가 마수들을 불러 모았다.

"벌써 14층까지 뚫렸어. 근원의 나무를 잃으면 그때는 끝이야! 마스터가 돌아오실 때까지 반드시 사수해야만 해!"

이히의 외침이 무색하게 온몸에 상처를 입은 크라스라가 참혹한 표정으로 말했다.

"요정님, 적들은 만반의 준비를 갖췄습니다. 얼마 전 그리핀과 기간테스가 치명적인 상처를 입었지요. 크리슬리도 무사하지 못합니다. 타쉬말과 마고, 저에 대한 공략이 끝나면……."

"조용히 못 해? 무슨 일이 있어도 지켜야 해. 그 외에는 있을 수 없어! 이히가 반드시 지킬 거야."

"알고 있습니다. 그러나 요정님까지 나서실 필요는 없습니다. 요정님은 이미 '코어' 자체가 되지 않았습니까? 근원의 나무와 던전의 코어는 요정님의 존재로 버티고 있을 뿐입니다."

마족들은 단단히 준비했다.

무슨 수작을 부렸는지 던전의 마력을 꼬아버린 것이다.

근원의 나무와 던전의 코어는 막대한 마력을 소비한다. 그것을 막자 던전이 붕괴되어 가고 있었다. 그나마 이히의 격이 계속해서 상승하고 존재력을 키운 덕분에 유지가 되고 있을 따름이었다.

하지만 이히가 타격을 입는다면 그것도 소용이 없어진다.

"이히보고 손가락 빨면서 구경만 하라는 말이야? 이게 다 이히 때문에 벌어진 일이란 말이야. 씨이!"

"요정님……."

쿠릉!

쿠르릉!

그때였다.

아래층에서 광음과 함께 대규모 이동이 시작됐다.

"적이 옵니다. 요정님, 부디 무리하지 마시길."

크라스라가 붉은 창을 들고 일어났다.

1년 동안 벌써 백여 차례가 넘도록 공격을 받았다.

여태까진 잘 막았지만…….

적의 공세가 요즘 들어 더욱 거세지고 있었다.

그나마 타쉬말과 마고, 크라스라, 그리고 리치 가파람의 기상천외한 마법 아이템들 덕택에 버틸 수 있었다.

하지만 그것도 머지않았다는 생각이 강하게 든다.

'내 한 몸 불사르는 한이 있더라도.'

지키리라.

오랜 시간 던전 마스터가 모습을 보이지 않아서 그에 대한 기대는 놓은 지 오래였다.

전신에 흉악한 상처를 가득 품은 크라스라가 등을 돌렸다.

"이히도 지킬 거야. 마스터가 돌아올 때까지 꼭 지키고 말 거야."

이히라고 가만히 있을 수는 없었다. 이히가 완전무장을 한 채 입술을 꽉 깨물고 날개를 퍼덕였다.

공작 디펠라와 후작 아나스타샤, 백작 아모른, 후작 제네랄드……. 판데모니엄 파벌의 네 마족이 한데 모였다. 잔뜩 상기된 표정을 짓고선 전방을 바라보는 중이었다.

보통의 때라면 같은 파벌이라도 네 마족이 모이는 건 있을 수 없는 일. 그러나 사안이 중요한 경우라면 이야기가 다르다.

그들의 눈앞에서 장렬한 전투가 벌어지고 있었다.

하지만 일견 그렇게 보일 뿐 실상은 한쪽의 일방적인 유린과 다를 게 없었다.

다크 엘프를 비롯한 소수의 천사와 격이 높은 자들을 상대로 압도적인 물량의 마수들을 네 마족이 퍼부어 대고 있는 것이다.

크라스라, 마고, 타쉬말……. 확실히 강하지만 상처가 가득하고 지쳤다. 거대한 바위에 정을 박고 계속해서 두드린 결과, 금이 가기 시작했다.

"15층에 엄청난 게 있다더니 저항이 거세군."

후작 아나스타샤가 입을 열었다.

말 그대로 던전에 남아 있던 모든 마수가 모여서 자신들의 발걸음을 막고 있었다. 던전을 친 초창기 이후로 이만한 저항은 처음이었다.

공작 디펠라가 피식 웃었다.

"그래 봐야 발악이다. 1년 동안 지긋지긋하게 우리를 막아서던 마수들은 이제 거의 없어. 랜달프 브뤼시엘…… 이만한 전력을 숨겨 놓고 있었다니, 판데모니엄 님의 원호가 없었다면 여기까지 뚫는 것도 힘겨웠겠지."

판데모니엄은 대공들 중에서도 가장 노괴다. 마도에 정통하고 고루고루 지식을 갖췄다. 던전의 마력을 뒤흔들어 충격을 주는 방법쯤은 간단하게 고안해 낼 수 있었다.

이 던전의 주인이 랜달프 브뤼시엘임을 알아낸 것도 판데모니엄이었다.

덕택에 진격이 쉬웠다. 지능이 낮은 마수들의 통제권을 상실시켰고, 요정이 이쪽의 움직임도 살필 수 없게 만들어서 전략적인 우위를 가져왔다.

"그럼에도 1년……."

아나스타샤는 마음에 안 든다는 듯 중얼거렸다.

작년 마계 옥션에서 랜달프 브뤼시엘의 죽음이 확인됐다. 그는 끝내 나타나지 않았다. 오쿨루스와 전쟁을 벌이다가 산화했음을 확신했고…… 그 과정에서 판데모니엄은 랜달프 브뤼시엘의 던전을 특정해 내기까지 하였다.

여기까진 문제가 없다. 주인이 없는 던전은 잡아먹으면 그만이니까.

하지만 랜달프 브뤼시엘이 남긴 저력은 상상을 초월했다.

일개 마족이 고작 3년 차에 가질 수 없는 질과 숫자의 마수. 가볍게 여길 사안이 아니었다. 하여 네 명의 마족이 달려들었다. 그 시간이 벌써 1년째에 접어들었다.

도중 판데모니엄의 원호로 최상급 마수들을 공략해 내지 못했다면 상상조차 하기 싫다.

'아무런 충원 없이 1년을 버텼다.'

빠득!

아나스타샤가 이를 갈았다.

1년. 그간 14층까지밖에 못 뚫었다.

던전의 주인이 없어서 병력의 충원을 하지 못할 텐데도.

필사적으로 버텼다.

기가 질리다 못해 할 말도 잃었다.

그나마 15층을 사수하고자 남은 마수들을 총동원시킨 듯 싶었다.

승기는 거의 가져왔다. 이제…… 쐐기만 박으면 끝이다.

그러자 아나스타샤의 옆에 선 디펠라가 말했다.

"15층에서 느껴지는 존재감. 세계수에 들어섰을 때와 비슷하지만 조금 더 강렬한 느낌이 든다. 판데모니엄 님께서도 그것을 반드시 확인하고 가져오라 하셨지. 대체 무엇을 숨기고 있었을까? 후후."

네 마족이 공통적으로 궁금해하는 것.

그것은 15층에 숨겨진 '무언가'였다.

랜달프 브뤼시엘은 처음 등장할 때부터 말도 안 되는 기행을 선보였다. 그 압도적인 포인트 수치는 다른 마족이 흉내 내지 못할 수준이었다. 오쿨루스가 편법을 사용해서 비슷한 흉내를 내긴 했지만 그래도 부족했다.

하여, 랜달프 브뤼시엘이 매년 막대한 포인트를 모은 비법이 15층에 있으리라고 네 마족은 은연중 생각하고 있었다.

"슬슬 끝을 내야겠구나."

디펠라가 움직이자 그 뒤를 거인이 따랐다.

티탄!

최상급 2Lv의 마수. 온몸이 철갑으로 둘러싸인 육탄전의 대가다. 천하의 기간테스도 티탄 앞에서 무릎을 꿇고 말았다.

작년 마계 옥션에서 구매하였으며 그 힘은 기대 이상으로 놀라웠다.

쐐기를 박기에 더할 나위 없는 존재였다.

"더는 버티지 못할 것이다."

디펠라를 비롯한 다른 마족들의 입가에 짙은 미소가 번졌다.

붉은 창이 허공을 가른다.

철퍼덕!

힘을 잃은 신체가 바닥에 누웠다.

"끄으으……."

크라스라. 상대 마족들이 던전을 침략한 초창기부터 무수히 적과 부딪쳐 온 불굴의 전사. 한 번도 쓰러진 적이 없건만 한참이나 깎여 나간 바위는 전처럼 단단하지 못했다.

크리슬리가 적의 함정에 빠져서 치명상을 입은 이후 그는 더욱 자신을 몰아붙였다. 그러나 그것도 여기까지인가 싶었다.

'일어서야 한다.'

손가락을 놀려 바닥을 짚어봤지만 힘이 들어가지 않는다. 어깨와 허리를 관통당해 잘못하면 불구가 될 수도 있는 상태였다.

크라스라가 쓰러지자 수많은 마수가 주변을 감쌌다. 홀로 백여 마리가 넘는 마수를 쓰러뜨렸지만 움직이지 못하는 몸으로는 가망이 없었다.

'지켜야 한다.'

하지만 자신이 쓰러지면 그 뒤에는 근원의 나무가 있었다. 근원의 나무는 다크 엘프의 희망이었고 안락한 보금자리였다. 그곳에서 치료 중인 크리슬리도 죽음을 면치 못하리라.

아니 된다. 겨우 찾은 장소다. 이곳에서 새롭게 시작하며 정착하자고, 반드시 지키자고 모두가 다짐하지 않았는가.

그러나 던전 마스터가 죽고 위태로워졌다. 주인 없이 1년이나 버틴 게 도리어 대단할 따름이지만…….

크르르!

웨어울프가 이빨을 드러내며 다가왔다.

크라스라가 입술을 꽉 깨물었다. 의지는 모든 걸 초월하지만 현실의 벽도 무시할 순 없었다.

"이얍!"

그때였다. 이히가 요정 기사의 검을 휘두르며 날아왔다.

요정 기사의 검에 빛이 서렸고 그 빛은 악한 것을 쫓아내는 힘이 있었다.

웨어울프가 한 발자국 물러났다. 그 주변의 마수들도 섣불리 다가오지 못했다.

"요정님……."

"더는 말하지 마!"

"부디 크리슬리와 저희의 보금자리를……."

"죽으면 안 돼. 이히가 허락 안 해. 못 해!"

보석 방패를 든 이히가 고집스럽게 고개를 저었다. 그러면서 눈물을 왈칵 쏟아냈다. 지난 시간 동안 이히에겐 책임감이 생겼다. 이 모든 일이 자신에게서 비롯되었다고 자책하며 매일을 후회로 보낸 탓이다.

"더는 안 잃을 거야. 이히가 잘못했으니까 죽지 마. 죽더라도 마스터가 돌아오고 나서 죽으란 말이야, 히잉."

기세 좋게 나섰지만 공포는 어쩔 수가 없었다. 부들부들 떨리는 검을 쥔 손을 다른 손으로 붙잡고 주변을 둘러싼 마수를 향해 돌격했다.

샤벨 타이거 무리와 타쉬말, 마고가 접전을 벌이고는 있지만…….

티탄과 마족들이 나선 순간 분위기는 돌이킬 수 없을 정도로 역전되었다.

"타쉬말이라 하였던가? 설마 천사마저 타락시켰을 줄은 몰랐다. 랜달프 브뤼시엘, 살아 있었다면 무척 귀찮은 존재가 되었겠어."

네 마족 중 리더 격의 존재인 공작 디펠라가 티탄과 함께 타쉬말을 상대했다.

머지않아 타쉬말이 바닥에 떨어져 내렸다.

이후 학살이 시작됐다.

나머지 마족들이 마고를 압박하자 상황은 최악으로 치달았다.

'마스터, 이히가 잘못했어요.'

이히는 눈을 감았다. 주변에서 벌어지는 일들이 너무나도 끔찍했다. 이것은 벌이었다. 죄를 지었으면 벌이 따르는 건 당연했다.

'이히가 잘못했어요.'

하지만 이히는 한 번만이라도 마스터를 보고 싶었다. 미움을 받아도 좋으니 한 번만이라도. 빌고 또 빌었다.

그러고 얼마의 시간이 지났을까.

찰나지만 영원 같은 시간의 뒤로 주변에서 변화가 생겨났다.

"넌……?"

"아악!"

"이건, 이건, 말도 안 돼!"

"랜달프 브뤼시엘!"

마족들이 경악했다. 마지막으로 '그' 이름을 입에 담으며 허둥지둥거렸다.

콰르릉!

천둥이 내리쳤다.

콰아아앙!
거대한 폭발이 일어났고.
키에에엑!
크아아아!
마족과 마수들이 비명을 내질렀다
그 소리에 이히는 눈을 떴다.
동시에…….
"마스터."
믿기지 않았다.
꿈일까?
자신의 바람이 만들어낸 환상인 것일까. 아니, 허상이라도 좋다. 이게 거짓이라면…… 그래도 괜찮다.
"마스터! 히잉, 마스터!"
이히가 목 놓아 울었다.

나는 분노와 황제의 검을 들었다.
마족들, 그리고 마수들. 14층에 모여서 내 던전을 침략하는 중이었다.
기분이 더럽다.
허락하지 않은 이들이 이처럼 많이 들어온 것이다.
이곳은 오로지 나만의 던전이고 저들은 도둑이나 다를 바가 없었다.

도둑이 집에 들어왔는데 주인이 가만히 있을 수는 없는 노릇.

"황제 폐하, 어찌하시겠습니까?"

막시움이 물었다.

어찌할 것이냐고?

답은 뻔했다.

"허락받지 않은 존재들, 그들을 구분하여 모두 죽여라."

내 것을 탐했으니, 나도 마음대로 저들의 목숨을 탐해야겠다.

"다른 마족들은……?"

"내 사냥감이다."

짤막하게 말했다. 양보는 없다. 익숙한 얼굴의 마족들. 저들은 내 먹이다.

"신 막시움, 황제 폐하의 명을 따릅니다."

"저도 미약하게나마 힘을 보태겠습니다."

막시움과 오스웬이 곁을 떠났다.

나도 분노와 황제의 검을 들고 바닥을 박찼다.

머지않아 마족들이 내 존재를 확인할 수 있었지만 확인하고 나서는 늦다.

저들이 성장한 것 이상으로 나는 강해져 있었다.

'다크 소드.'

후우웅!

검이 까맣게 물든다. 그 위에 달빛이 덧씌워졌다. 보다 정교하고 완벽해진 기술. 그리고 압도적인 성장을 발판으로 나는 이미 저들의 머리꼭대기에 서 있었다.

아슬아슬한 상황이었지만 완전히 늦지는 않았다.

그리고 늦지 않았다면, 이 상황을 타개하는 것쯤은 간단했다.

콰르르릉!

뇌신이 울부짖으며 튀어나왔다.

영 기분이 언짢은지 즉시 주변의 적들을 태워 버리기 시작했다.

공작 디펠라, 후작 아나스타샤, 백작 아모른, 후작 제네랄드.

이 네 명의 이름을 가벼이 되뇌며 나는 그들의 앞을 막아섰다.

"랜달프 브뤼시엘!"

나를 본 디펠라가 믿기지 않는다는 듯이 외쳤다.

1년 8개월간 모습을 드러내지 않고 있다가 불현듯 나타났으니 그럴 만도 하다. 믿기지 않을 테지. 그러나 현실이었다.

나는 현존했고 저들을 죽이고자 이곳에 나타났다.

"죽었던 놈이 진정 살아 돌아왔단 말이냐? 그러나 이미 늦었다. 너 혼자선 아무것도 바꾸지 못해!"

디펠라는 애써 여유로운 척 팔짱을 꼈다.

승기는 한참 기울었다. 아무리 특이한 마족이라 하더라도 백작나부랭이 혼자서 상황을 타개하기엔 너무 늦었다. 불가능하다.

"너희들은 건드리지 말아야 할 것을 건드렸다."

그러나 내 눈은 타오르듯 강렬하게 디펠라와 마족들을 바라보고 있었다.

전이라면 불가능했을지 모르지만 지금은 아니다.

전과 달리 나는 완성되어 가고 있었다. 진실로 '초월'의 영역에 발을 들였다.

그 근처도 가지 못한 것들이 내 가능성을 가지고 판별하는 건 그야말로 웃긴 일이었다.

나는 확신에 찬 어조로 그들에게 선고했다.

"그 죄, 죽음으로 갚으라."

내가 없는 1년 8개월간 그들은 마음껏 활개 쳤다.

그러나 앞으로는 그러지 못할 것이다.

귀환!

내가 돌아왔다.

무슨 말이 더 필요한가?

저들에게 남은 것은 처절한 응징…… 파멸뿐인 것을!

Chapter 46

가치 있는 죽음

Dungeon Hunter

길게 끌 것도 없었다.

나는 모든 제한을 풀었다. 마력이 개방되고 그 막대한 파동에 주변의 공기마저 일렁거렸다. 아지랑이처럼 피어올라 주변을 '지배'하기 시작했다. 사정권에 들어온 모든 마수가 본능적으로 주춤하며 겁을 먹었다. 이것이 내 존재력이고 격의 힘이다.

말하자면 영역 선포와 같았다. 최상급 2Lv의 티탄. 강력하기 짝이 없는 놈마저 이상을 느끼고 한 발자국 물러섰을 정도다. 몸을 움츠리며 나를 향해 방어적인 태도를 취했다.

디펠라를 비롯한 다른 마족들의 표정에도 변화가 생겼다. 믿기지 않는다는 듯 눈살을 찌푸리며 절로 무기에 손을 가져갔다. 내가 움직이지 않았음에도 벌써부터 방비를 한다.

대공들과 비교하여 전혀 부족함이 없는 '격'을 느꼈을 터. 부정해도 직면한 현실을 외면할 순 없다.

나는 지저 세계에서 몇 번의 거대한 깨달음을 얻었다. 스스로를 급속히 성장시켰고 그곳을 빠져나올 때 얻은 '보상' 역시 무시무시한 수준이었다.

게다가 이곳은 나의 던전이다. 내가 돌아온 즉시 던전이 나를 인식하고 정상적으로 가동했다. 적어도 던전 안에서 나는 무적과 같았다.

타악!

분노와 황제의 검을 치켜세우며 땅을 박찼다.

달빛 낙하를 사용하며 마치 순간 이동을 하듯 나는 디펠라와 티탄에게 다가갔다.

잠시라도 놈들이 던전 안을 활보하는 걸 용납할 수 없다. 농락하고자 한다면 충분히 가능하지만 그 잠시의 시간조차 불쾌하다. 그나마 허용을 한다면 그것은 놈들이 시체일 때다.

콰앙!

티탄의 육중한 몸을 분노가 때렸다. 폭발 소리와 함께 티탄이 튕겨져 나갔다. 끝내 던전의 벽에 몸을 박고 한참을 들어갔다.

크어, 크어어.

벽에 박힌 티탄이 머리를 뒤흔들며 자리에서 일어났다. 그러다가 균형을 잡지 못하고 한 발을 엉거주춤 내밀더니 잠시 주춤거렸다. 갑작스러운 공격에 정신을 차리지 못하는 모습이다. 갑옷도 맞은 부위가 폭발이라도 일어난 듯 뚫려 있었다.

"오만."

작게 말했다. 그 순간 장갑에서 검은 불길이 솟아나며 내 전신을 뒤덮었다. 기존의 분노, 나태는 능력치를 올리고 내렸지만 이 '오만'은 달랐다.

거만한 불길. 적에게 닿거든 그 상대가 죽을 때까지 식지 않는다. 물론 지능이 높거나 대응하는 스킬이 있거든 효과를 반감시킬 수는 있겠지만…… 나는 이미 초월자의 경지에 한 발을 제대로 담갔다.

나와 비슷한 수준이 아니고선 이 불길을 피해가지 못한다.

화르륵!

손을 뻗어 오만의 불길을 티탄에게 쏘았다.

끄어어억! 끄어어어!

티탄은 직격으로 불길을 맞고 고통에 신음을 흘렸다. 뚫린 갑옷의 사이로 불길은 전신에 시시각각 퍼져 나갔다.

"매혹의 입맞춤!"

티탄의 숨통을 끊고자 준비를 할 때 디펠라가 나를 공격했다. 수십 개의 입이 주변에 생겨나며 나를 매혹하고자 특정한 페르몬을 뿜어댔다.

하지만 그 역시 '오만'의 불길에 의해 전부 타버렸다. 내게 닿지도 못하고 스킬 하나가 무효화된 것이다.

"황혼의 채찍!"

주변을 맴돌던 입들이 채찍을 뱉어내고 마구 휘두르기 시작했다. 기괴하기 짝이 없는 광경이나 내게 있어선 귀찮을 따름이었다.

파삭!

분노는 그 자체만으로도 강력한 무기지만 다크 소드와 달의 마력을 덧씌우고 있었다. 세상에 존재하는 모든 것을 베어내는 게 가능하다. 디펠라 따위가 사용한 스킬을 베지 못할 이유가 없었다.

채찍은 잘려 나갔고 다시 재생되지 못했다.

이 일말의 과정을 지켜본 디펠라가 입을 열었다.

"그 검의 힘은……! 아리엘 디아블로와는 무슨 관계냐!"

"그녀와 나를 비교하지 마라."

아리엘 디아블로가 사용하는 어비스 소드와 내 다크 소드는 비슷한 면이 없잖아 있었다. 하지만 비교하며 나와 엮는 건 기분이 그다지 좋지는 않았다. 엄연히 업적 상점에서 업적 점수를 내고 구매한 것인데 말이다.

주변의 모든 채찍과 허공에 떠오른 입을 잘라내고 그 너머에 있는 디펠라를 향해 돌격했다. 어두운 던전의 안에서도 하이엔달의 검술은 빛을 발했다. 은은한 달의 마력이 사방을 잠식하며 디펠라의 마력을 조금씩 잡아먹었다.

디펠라는 당황하였다. 매혹의 입, 황혼의 채찍, 모두 원하는 만큼의 결과가 나오지 않았기 때문이다. 본래라면 수백 개의 입술과 채찍이 나와야 정상이었다. 하물며 내가 잘라낸 것은 복구가 되지 않았다.

마력의 고리 자체를 끊어낸 탓이다.

"랜달프 브뤼시엘……!"

후움!

디펠라가 남아 있는 모든 마력을 폐부에 모았다. 무슨 스킬을 사용할지 익히 짐작이 되었다. '어둠의 숨결'이라 불리는 공작 디펠라의 전매특허 스킬.

콰아아아아앙!

이윽고 디펠라의 입에서 어둠의 숨결이 쏟아졌다. 닿는 모든 것을 순식간에 부식시키며 나를 향해 정면으로 날아왔다.

나는 뇌신을 불러들였다. 전기를 모았고 그것을 오만의 불꽃과 함께 쏘아냈다. 두 가지 기운이 합쳐지며 어둠의 숨결과 격돌했다.

쿠우우우우우웅!

던전이 흔들린다. 내 불꽃과 어둠의 숨결이 부딪치며 광음을 낳았다. 하지만 그것도 잠시뿐이었다.

"이건, 이건 말도 안 돼!"

비장의 한 수가 이리도 허무하게 뚫리리라곤 상상도 못한 걸까?

어둠의 숨결은 내 불꽃에게 잡아먹혔다. 저항도 하지 못하고 순응하며 길을 내줬다. 그 끝에는 디펠라가 있었다.

콰지지지직!

이내 불꽃이 디펠라를 삼켰다. 불꽃과 뇌신은 한 점 살 조각도 남기지 않고 디펠라를 지워 버렸다. 마치 처음부터 아무것도 없었던 듯이 증발한 것이다.

주춤대며 마족들이 뒷걸음을 치기 시작했다.

"어떻게 이럴 수가……."

"백작이 아니었던가? 저 힘은…… 믿을 수 없다."

티탄을 한 방에 날려 버렸으며, 디펠라도 상대가 되지 못했다. 그들의 입장에선 받아들이기 쉽지 않은 문제였다. 그들 중 가장 강한 공작 디펠라가 비장의 한 수까지 썼음에도 허무하게 패배하였으니…….

그들이 아는 '랜달프 브뤼시엘'과 지금의 나는 많이 다르다. 마계 옥션에서 보인 내 힘이라고 해봤자 최상급 마수와 포인트 수치가 전부였다. 직접적으로 무력을 선보인 건 이번이 처음일지도 모르겠다.

그러나 안타까운 일이지만 여기서 아량을 베푼다는 건 내 성격상 불가능한 일이다. 어느 마족이라도 이 점은 비슷할 터였다.

자신의 것을 탐낸 약자. 죽어 마땅하다.

화르륵!

오만의 불길이 더욱 거세게 타올랐다.

오스웬과 막시움이 전신에 피를 한가득 묻힌 채 내게 다가왔다.

“신 막시움, 황제 폐하의 명을 따라 적을 토벌하였나이다.”

“신 오스웬, 마찬가지입니다.”

막시움은 내 말이 천명인 양 받아들이며 필사적으로 움직이지만 오스웬은 대강이란 느낌이 강했다. 애당초 그가 나를 따르는 건 나락군주를 조소하기 위해서다. 적어도 나락군주와 다른 방향의 길을 걷는 한 오스웬은 나를 따를 것이었다.

그것을 알기에 내버려 두었다. 팔 네 개가 잘려 나갔음에도 오스웬은 강했고, 그의 지식이면 앞으로 도움 되는 일이 많을 것이었으므로.

하나, 나는 오스웬과 막시움을 치하할 수 없었다. 한 지점에 시선을 고정시키고 있었다.

“던전…… 마스터시여…….”

크라스라.

붉은 창을 한 손에 꼭 쥔 채로 시선을 들었다.

하지만 눈동자에 초점이 없었다. 시력을 상실한 것이다.

전신의 상처는 심각했다. 생명력 자체가 크게 떨어진 상태였다. 한마디로 수명을 갉아먹어 가며 싸움에 임했다는 뜻이다.

한두 번이 아니라 수십 번을 반복했다. 여태껏 살아 있는 게 대단하다.

'늦었군.'

이런 상태라면 엘릭서로도 살리지 못한다.

"진정…… 던전 마스터이십니까? 이상합니다. 잘…… 안 보이는군요."

"맞다."

"아아……."

크라스라가 입가에 미소를 띠었다.

곧 자신이 죽을 것이란 사실을 모를 리 없었다.

그럼에도 크라스라는 웃었다. 단지 내가 귀환했다는 사실 하나에.

처음 크라스라를 만날 때가 떠올랐다. 철창 안에 갇혀 있었고 던전에 온 직후 나는 그와 다크 엘프 모두를 개 취급했다.

가장 열성적으로 개의 흉내를 낸 게 크라스라다. 여동생이자 여왕인 크리슬리를 살리기 위해 전사의 자존심을 내다 버린 것이다.

크리슬리가 살아나고 의식을 맺었을 때 그는 자신의 일일 것처럼 좋아했다. 더욱 열심히 나를 따랐으며 한 번도 실망을 시키지 않았다.

"부디……."

크라스라가 잠긴 입을 힘겹게 열었다. 그러나 말이 제대로 나가지 않았다. 대부분의 기력을 상실한 것이다. 하지만 크라스라가 무엇을 얘기하고자 하는지 나는 알고 있었다.

"크라스라, 너는 약했다. 약했기에 죽는다."

매정하기 짝이 없는 말.

그것을 나는 무덤덤한 태도로 내뱉었다.

크라스라는 눈을 감았다. 생명의 초가 꺼져 가고 있었다. 1분 이내에 그 숨을 완전히 멈추리라고 나는 확신했다.

하여 크라스라가 하고자 했던 말을 대신해 주었다.

"크리슬리를 누구보다 강하게 만들어주마. 결코 너처럼 허무하게 죽지 않도록."

"감…… 사……."

툭!

크라스라의 손이 힘없이 땅에 닿았다.

더는 심장이 뛰지 않았다. 흐르던 피도 빠르게 식어갔다.

하나, 입가에 맺힌 미소만은 변함이 없었다.

내 발언이 그리도 안심이 되는 것일까.

무엇을 믿고 1년 8개월이나 모습을 감췄던 나를 맹신하는 것인지 알 도리가 없었다.

"히잉…… 훌쩍!"

이히가 고개를 푹 숙이며 쉴 새 없이 흘러내리는 눈물을 닦고 또 닦았다. 굉장히 미안해 보이는 표정으로 죽은 자에 대한 애도를 표했다.

나는 가만히 크라스라를 내려다봤다.

힘이 없어 죽었지만 너의 죽음이 가치 없진 않았다고.

그리 생각하며 몸을 돌렸다.

"시체를 근원의 나무 옆에 묻어라. 나는 최상층에서 전체적인 점검을 하겠다."

근원의 나무 근처에 죽은 마수들이 묻혔다.

그 과정은 길지 않았다. 마수의 죽음은 당연한 것.

슬픔에 차 있기보다는 내일의 계획을 세우는 게 먼저였다.

그러기 위해선 전체적인 던전의 상황을 파악할 필요가 있었다.

'남아 있는 게 거의 없군.'

처참이라는 단어가 절로 떠올랐다.

마수들의 씨가 말랐다. 그나마 주요 마수는 대부분 멀쩡하다는 게 위안이었다. 사경을 헤매거나 큰 상처를 입어서 움직이지 못하는 상황이긴 했지만 크라스라처럼 생명력의 근원을 모두 사용한 것은 아니었다.

충분히 치료 가능한 범위였다.

'중국과 일본의 던전은…… 무사하구나.'

한국의 던전과 연결이 되어 있음을 확인했다. 한국의 던전과는 다르게 공격을 받지는 않은 것 같았다. 판데모니엄이 눈치챈 건 어디까지나 내 본진뿐인 듯싶었다.

작게 혀를 차고 던전의 현황을 살폈다.

'던전을 정상화시키려거든 망가진 것들을 수복해야겠지.'

가장 급한 게 번식종이다. 3년간 모은 마수들이 바닥을 보였으며, 그것을 수복하려면 천문학적인 포인트가 필요했다.

'나는 지저 세계를 탈출하고 막대한 포인트를 얻었다.'

무수히 떠오른 업적들.

미처 확인하지 못했다.

이번 기회에 나는 달라진 것들을 파악하자고 마음먹었다.

[보유 포인트 - 38,799,344]

[현재 업적 점수 - 29,158]

포인트와 업적 점수 현황은 그럭저럭 만족스러웠다. 이 정도면 던전을 전보다 강하게 만들 수 있었다. 무엇보다 지저 세계의 보물 창고에 있는 물건들이 업적 상점에 추가됐다고 하였다. 업적 점수도 함께 이용하면 다시는 이와 같은 일이 반복되지 않을 것이다.

'상태창.'

이윽고 상태창이 허공에 떠올랐다.

이름 : 랜달프 브뤼시엘

직업 : 마계 백작(던전 마스터)

칭호 :

*던전 사냥꾼(던전 점령, 마족 사냥 시 잔여 능력치+1)

*불굴의 전사(Ex U, 모든 능력치+2)

*최초로 요정의 축복은 받은 자(U, 마력+6)

*근원의 주인(Epic, 모든 능력치+3)

*언데드(Ex U, 지능체력+5)

*지저 세계의 지배자(Legend, 모든 능력치+5, 에픽 미만 스킬의 등급+0.5)

능력치 :

힘 85(+20)

지능 90(+15)

민첩 80(+20)

체력 85(+22)

마력 94(+16)

잠재력 (434+93/550)

잔여 능력치 : 13

전력량 : 21GW

특이사항 : 지저 세계의 주인. 나락군주의 심장이 완전히 각성했습니다.

스킬 : 만물조합(Ex U), 심안(Epic), 다크 소드(Epic), 신검합일(Epic, Passive), 전격의 정령(Epic), 오만(Epic), 타락(Ex Epic)

적용 중인 스킬 & 아이템 효과 : 분노(힘+7), 나태(민첩+7), 오만(체력

+7), **신검합일**(힘민첩+3)

[전후 비교]

힘 96 **지** 93 **민** 86 **체** 85 **마** 98 **잠재력** (412+51/500)

힘 105 **지** 105 **민** 100 **체** 107 **마** 110 **잠재력** (434+93/550)

놀라운 정도의 성장이다. 순수 능력치와 보정 능력치 전부가 크게 올랐다. 무엇보다 잠재력의 한계치가 50이나 상승했다. 이는 굉장히 가시적인 일이다.

마족은 기본적으로 500의 잠재력을 갖지만 그것을 전부 채우는 이들은 공작이나 대공에 한했다. 나는 그 '기본'을 벗어났다. 다른 이들과 한계지 자체가 다르니 500 이상의 성장 가능성을 활짝 열게 되었다는 뜻이다.

게다가 보정 능력치를 더하면 이미 500을 넘는다.

능력치 총합 527!

보통 500을 초월자의 기준으로 삼는데 나는 그곳에 발을 깊이 담갔다. 마계에 있을 당시의 대공들을 상대로도 전혀 부족하지 않은 수치다.

어둠의 정령왕 아도니스조차 능력치 총합은 나와 비슷하다. 그러나 나는 한계 돌파를 행했고 그는 방법을 찾는 중이라는 점이 달랐다. 그는 정체되어 있으나 나는 계속해서 나아가는 게 가능한 것이다.

'레전드 등급의 칭호.'

'지저 세계의 지배자(Legend)'가 눈에 밟혔다. 레전드 등급의 무언가는 단순히 강하다 해서 구할 수 있는 게 아니다. 은연중 나와는 인연이 없으리라고, 구하더라도 5년은 더 흘러야 기회를 노릴 수라도 있다 여겼건만.

지저 세계를 다녀온 일은 내 완벽한 밑바탕이 되어주었다. 다녀오지 않았다면 내 한계를 깨지 못했다면 회귀를 했다고 하더라도 이 전쟁에서 승리하지 못했을 가능성이 높았다.

'덕분에 스킬의 등급도 높아졌지.'

칭호의 옵션이다.

에픽 미만 스킬의 등급을 0.5 올려주는 것.

가장 기쁜 건 역시 심안의 등급이 에픽이 되었다는 점이었다. 이제 오쿨루스와 같은 놈을 상대할 때 전과 같이 당하지는 않을 터였다.

신검합일의 영향인지 검술 자체의 완성도도 높아진 데다가 다크 소드의 절삭력도 비할 바 없이 날카로워졌다. 다크 소드를 사용하고 달빛의 마력을 머금은 분노는 아리엘 디아블로의 '어비스 소드'와도 필적할 듯싶었다.

진정한 의미에서 나는 그들의 대적자가 되었다. 아니…… 사냥꾼이 되었다.

짐승들은 사냥꾼을 두려워하며 바닥을 기어야 할 것이다.

"업적 상점."

가만히 그 단어를 입에 담자 던전의 코어가 더욱 강렬하게 빛을 내뿜었다.

[업적 상점에 오신 것을 환영합니다.]

[현재 업적 점수 - 29,158]

[업적 점수를 활용해 상점의 물건을 구매할 수 있습니다.]

[아이템의 이름 앞에 +표시가 된 것은 오로지 한 번만 구매 가능합니다.]

['나락군주의 보물 창고'에서 추가된 아이템과 마수를 개재 중입니다.]

[개재 완료. '업적 관련 추가 아이템'란에서 확인할 수 있습니다.]

나락군주.

그는 지저 세계를 만들었다. 시스템마저 인식하지 못한 세계를 창조해 냈다. 그리고 그 안에 자신만의 보물 창고를 두었다.

무엇을 꽁꽁 숨겨두었을까?

얼마나 대단한 것들이 들어 있기에 사령관들은 배신을 하였던가.

시선을 옮기자 창이 떠올랐다.

[업적 관련 추가 아이템]

[천사의 알 - 500]

[혼령기병 - 300]

[혼령사수 - 400]

[혼령마도병 - 1,200]

…….

[+천의 날개(Epic) - 5,000]

[+포효의 방패(Epic) - 6,800]

[+절대빙정(Ex Epic) - 23,000]

…….

[+나락하수인 - 10,000]

[+산의 징표 - 15,000]

[+둠 드래곤 - 60,000]

…….

[+고급 수련의 방(5/5) - 8,000]

[+유토피아(Legend) - 99,555]

[+멸망의 오브(Legend) - 99,555]

목록은 길었다. 한눈에 전부 들어오지 않을 정도로 많았다. 그중 중요한 것만 간추려도 10개가 넘어갔다.

본래 업적 상점에서 가장 높은 가격을 자랑했던 진마룡 '아오진'이었다. 그보다 비싼 것들이 존재할 줄이야.

둠 드래곤과 유토피아, 멸망의 오브!

모두 들어본 적 없는 이름이지만 결코 간단히 넘길 수는 없었다.

둠 드래곤은 처음 보는 종이나 뒤의 두 개는 레전드 등급이었다.

레전드 등급의 아이템은 전생에서도 매우 희귀했다. 내가 아는 것만 3개가 있을 따름이었다. 그 하나하나가 말도 안 되는 위력을 발휘했고 모든 판도를 뒤집었다. 특히 인간 진영이 가지고 있었던 '천상 지팡이'는 한계 돌파를 행한 대공도 뒷걸음질을 치게 만들었다.

물론 사용자가 10강에 들어가는 최강자이긴 했지만 그 위력은 놀라웠다.

'이걸 모두 가진다면…… 가히 신이라 칭해도 부족함이 없지 않은가.'

나락군주. 생각하면 할수록 그 끝이 안 보이는 놈이지 않은가. 인간인 주제에 초월자의 영역에 들어섰고 신에 가까운 위치까지 올라갔다. 정작 신이 되지는 못했지만, 그만한 저력은 갖추고 있었다는 의미다.

이만한 힘을 모아놓고 도박에서 패했지만 그 힘은 이제 내 것이 되었다. 온전하지는 않아도 사용이 가능해졌다. 당장 가진 업적 점수로 구매할 수 있는 게 상당한 것이다.

'점검은 이만하면 되었다.'

고개를 주억였다.

포인트와 업적 점수 보유 현황에 따라 가능한 것들과 안 되는 것들을 구분했다.

복구하는 데 들어가는 예산은 충분하다. 차고 넘친다. 조금의 시간이 더 주어진다면 전보다 강력한 던전이 완성되리라.

피해는 있었을지언정 던전은 무사했다. 그것 하나면 족하다. 마족들을 상대로 여기까지 버텼다는 자체가 칭찬받아 마땅한 일이었다.

돌아온 이상, 더는 좌시하지 않을 것이다.

나는 내정 모드를 종료시켰다

이후 최상층을 빠져나가 크리슬리를 찾았다.

크리슬리는 중태였다.

나무집 안에 홀로 누워서 창백한 얼굴로 눈을 감고 있었다. 가만히 크리슬리의 손목을 잡고 마력을 흘려 넣자 반발이 심했다.

이런 적은 처음이었다. 이는 몸이 본능적으로 외부의 개입을 막고 있음을 뜻하였다.

얼핏 살핀 결과 크라스라보다는 덜해도 생명의 근간이 꽤 훼손되었다. 마력도 꼬여 있어서 문제가 심각했다.

"이히, 크리슬리는 언제부터 이 상태였지?"

문 앞에서 내 쪽을 조심스럽게 바라보던 이히가 침착히 내 옆으로 다가와 조잘거렸다.

“그게요, 마스터. 정확히 58일째에요. 이히가 뚜렷하게 기억하는데요. 드워킹을 살리다가 기습을 당했어요.”

58일째라…….

‘위험하군.’

역시 직접 보는 것과 듣는 것은 차이가 크다. 그냥 몸만 상했다면 물약이나 엘릭서로 치료가 가능하다. 그러나 이 정도라면 내가 힘을 써야 할 것 같았다.

내부에서 마력이 폭주하고 있었다. ‘좋은 피’의 도움으로 버텨내고 있는 것이었다.

진마룡 아오진과 다크 엘프 하이어의 더할 나위 없이 순수한 피는 크리슬리의 몸을 원상태로 돌려놓으려고 무던히 애를 쓰고 있었다.

하지만 마력의 폭주, 어그러짐은 치료 사례가 거의 없었다. 한번 꼬이면 그대로 죽는다는 게 정설이었다. 어지간하면 꼬이는 일 자체가 안 일어나지만 억지로 마력을 쥐어짜내다가 이런 상황에까지 몰리게 된 듯싶었다.

일종의 불치병이다. 치료한 전례가 아예 없지는 않았으나 방법 모두가 중구난방이었다. 무엇보다…… 혼자서는 결코 해결할 수 없다.

외부의 도움이 필요하다. 그리고 도움을 주는 외부자도 목숨을 걸어야 한다. 그러는 와중 십중팔구는 죽어 나간다. 운이 좋아 살아도 반 불구를 면치 못한다. 마력의 간섭, 더 나아가 상대의 밑바닥까지 훑고 들어가는 일이었으니 당연하다면 당연했다.

이는 나라도 마찬가지다.

'마력의 뒤틀림. 그 상태가 58일째다. 손을 쓰기엔 늦은 감이 있지.'

마력이 뒤틀리고 사망하기까지.

평균 7일이 소요된다.

그런데 58일째 생존해 있다?

확실히 범상치 않은 일이다. 대단한 것이고. 하나 누구라도 '치료'를 언급하진 못할 터였다.

그나마 가장 가능성이 높은 건 판데모니엄이었다. 마도에 정통한 그는 마력의 어그러짐도 연구를 했을 것이었다.

나도 몇 번 비슷한 행위를 해본 적은 있지만, 실질적으로 마력이 꼬여서 해결한 것은 아니었다. 예컨대 유은혜의 경우 전기의 방향을 바로잡아 준 것이 전부였다.

미간을 찌푸렸다.

의식을 맺고 내게 많은 도움을 준 건 사실이지만 크리슬리는 어디까지나 내 휘하의 수많은 이 중 하나에 불과하다.

평소였다면 예전의 나였다면 가차 없이 버렸겠지.

하지만…….

"크라스라의 죽음이 너를 살렸다. 그의 가치 있는 죽음에 감사하도록.”

손목에 손을 얹었다.

그리고 이히에게 명했다.

“절대로, 누구도 내가 나오기 전까진 이 안에 들이지 마라. 이히, 너도 마찬가지다.”

“알겠어요, 마스터. 이히가 앞에서 꼭 지키고 있을게요! ……이히히.”

이히가 작게 웃고는 방문을 나섰다. 아주 조심스럽게 문을 닫고는 문 앞에 서서 쥐 죽은 듯 서 있었다. 주변의 바람 소리도 전부 차단되었다.

‘그럼…….’

숨을 크게 들이마셨다.

이어 크리슬리의 옷을 벗기고 가슴을 억세게 움켜쥐었다.

심장 소리가 손바닥에서 여실히 느껴질 때쯤, 나는 눈을 감았다.

내 마력은 이미 크리슬리의 마력을 크게 웃돈다. 그러나 진마룡이나 다크 엘프 하이어의 피는 나 못지않은 강대한 마력을 품고 있었다. 이 사이에 들어가 조율하며 꼬인 실타래를 풀어야 하는 작업이었다.

자칫하다간 폭탄이 터지듯 모든 게 물거품이 된다. 나도 무사하지는 못할 테고 58일이나 버텨온 크리슬리의 심장은 끝내 기동을 멈출 것이었다.

'너의 의지가 중요하다.'

톡톡.

두드리듯, 나는 마력으로 말미암아 크리슬리에게 말을 건넸다. 처음에는 무시였지만 끊임없이 두드리자 반응이 생겨났다. 하지만 그 반응은 너무나도 미약했고 찰나지간 사라졌다. 0.1초조차 아닌, 내가 초월자의 영역에 발을 들이지 못했다면 그냥 지나쳤을 순간의 반응.

나는 그 반응이 난 곳으로 마력을 우회시켰다. 그리고 다시 문을 두드렸다. 그러한 행위를 수도 없이 반복했다.

'깨어나라.'

반응은 조금씩 강해졌다.

톡! 톡!

나 또한 더욱 거세게 두드렸다.

'내게 모든 걸 맡겨라.'

엉킨 마력이 크게 흔들렸고 몸 내부를 휘감았다. 크리슬리의 정신이 깨어났을지는 모르겠지만 이제는 믿을 수밖에 없다.

나는 전신에 마력을 돌려서 흐트러진 실타래를 찾았다. 그 뒤 전체적인 맥락을 파악했다.

이후 하나의 실을 잡으며 신중하게 풀어 나갔다.

크리슬리의 마력은 더 이상 나를 방해하지 않았다. 본능적으로 살고자 내게 몸을 의탁한 것인지 크리슬리의 의지인지는 모르겠으나, 다행이었다.

더는 꺼릴 게 없었다. 나는 작업에 박차를 가했다.

'이건?'

그러다가 언뜻 다른 종류의 마력을 발견했다.

죽음의 왕, 가낙!

그의 정수가 아직까지 몸 내부에 남아 있었던가?

오쿨루스와 결전을 치를 때 크리슬리는 죽음의 왕 가낙의 정수를 이용해 그의 힘을 빌린 적이 있었다. 일회성으로 끝날 줄 알았건만 내부에 남아서 은연중 마력 흐름을 방해하고 있었다.

'이게 원인이었군.'

가낙의 정수가 흐름을 방해하지 않았다면 이처럼 큰일을 겪지는 않았을 것이었다.

선택의 기로에 섰다.

제거할 것인지 다른 방향을 찾아볼 것인지.

하지만 돌아가기엔 이미 늦었다. 실타래는 너무 심하게 얽혀 있어서 이 길을 찾는 것도 쉽지 않았다. 다른 길을 찾다간 돌이킬 수 없는 강을 건너도 이상할 게 없었다.

'가낙의 정수를 제거하는 것은 아깝다.'

그러나 나는 제3의 선택을 내렸다.

녹인다. 가낙의 정수를 크리슬리의 마력에 녹여낸다.

실타래를 푸는 것보다 더 어려운 일이다. 애당초 가낙의 힘은 크리슬리 본인이 가진 힘이 아니었다. 그래도 한 번 흡수했고 그 힘을 발휘한 적이 있으니 아예 불가능하진 않다고 보았다.

물론 나나 크리슬리, 쌍방의 위험은 배로 증가한다.

배로 증가하지만…….

'너를 강하게 만들어주마.'

크라스라, 그는 힘이 없어서 죽었다. 그래서 힘이 있는 내게 부탁했다. 크리슬리를 잘 돌보아줄 것을 말이다.

하지만 크라스라의 죽음은 가치가 있었다. 덕분에 던전을 지켰고 나를 움직였다.

다른 이를 위해, 내가 이런 모험을 하게 만들었으니.

'견뎌라.'

쿠웅!

크리슬리의 내부에서 마력의 폭발이 일어났다.

to be continued

KILL THE DRAGON

킬 더 드래곤

백수귀족 현대 판타지 장편 소설

인간 VS 드래곤

지구를 침략한 드래곤!
3년에 걸친 싸움은 인간의 승리로 돌아갔지만
15년 후,
드래곤의 재침공이 시작되었다!

드래곤을 죽일 수 있는 건 오직 사이커뿐!

인류의 존망을 건 최후의 전쟁.
그 서막이 오른다!